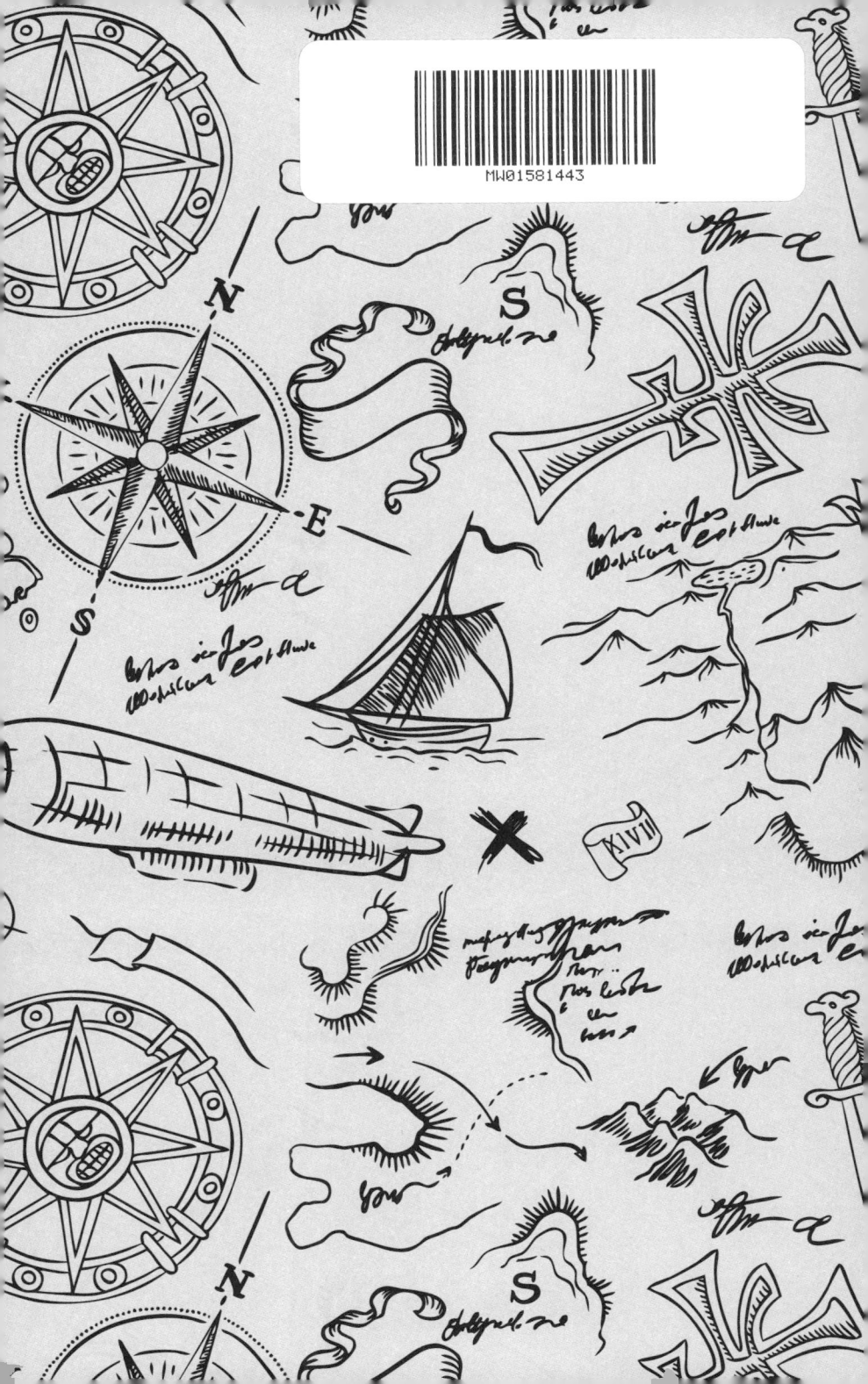

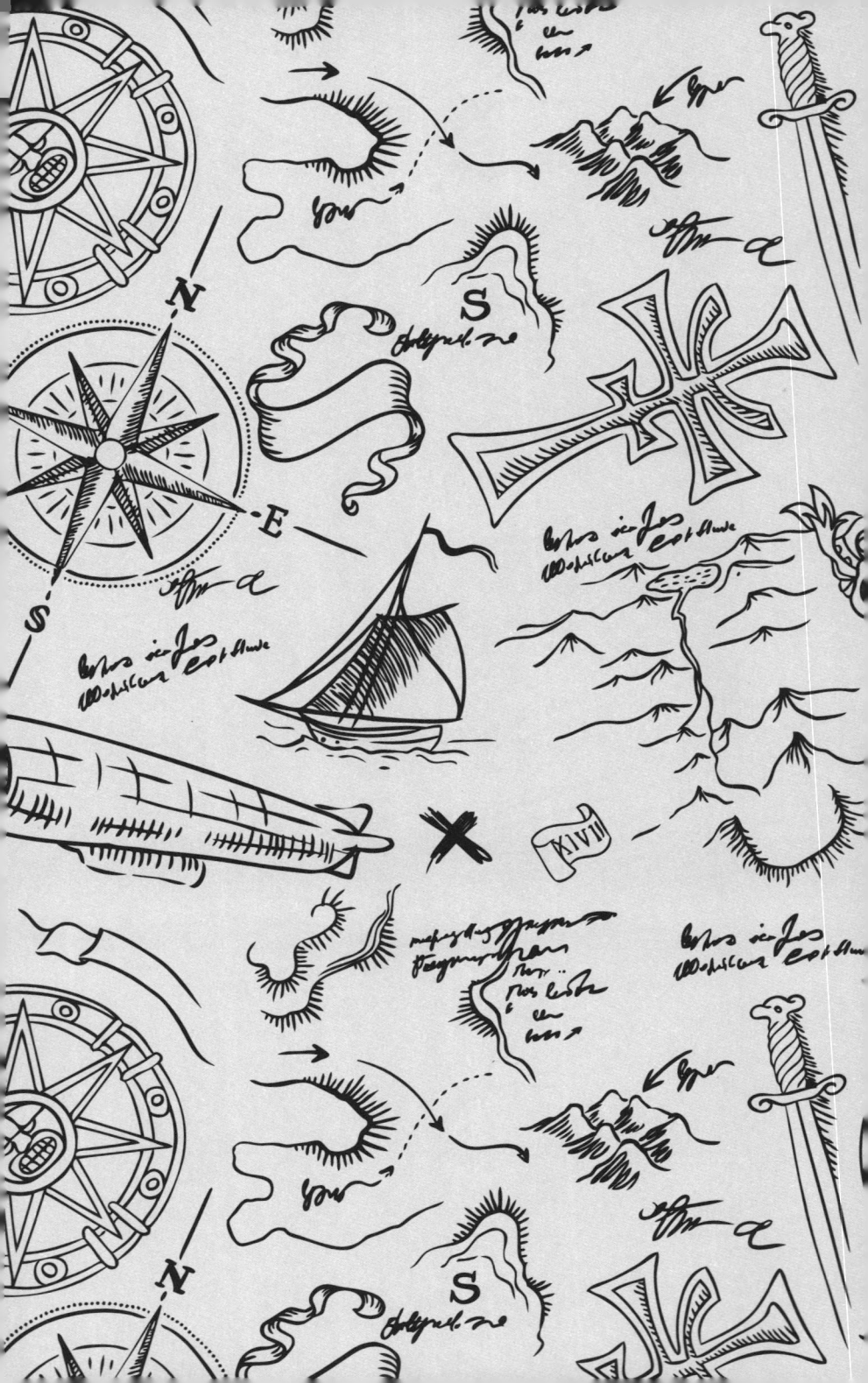

MIRIAM MOSQUERA

MANUELA JONES
EL MISTERIO DE LA ALHAMBRA

Ilustraciones de
Raquel Travé

Con la colaboración de la arqueóloga
Myriam Seco

MOLINO

Papel certificado por el Forest Stewardship Council®

Primera edición: febrero de 2025

© 2025, Miriam Mosquera, por *El misterio de la Alhambra*. Autora representada por IMC, Agencia Literaria, S. L.
© 2025, Myriam Seco Álvarez, por *El cuaderno de viaje de Manuela Jones*
© 2025, Penguin Random House Grupo Editorial, S. A. U.
Travessera de Gràcia, 47-49. 08021 Barcelona
© 2025, Raquel Travé Asensio, por las ilustraciones
Recursos de interior: iStock
Diseño del interior: Penguin Random House Grupo Editorial / Meritxell Mateu

Penguin Random House Grupo Editorial apoya la protección de la propiedad intelectual. La propiedad intelectual estimula la creatividad, defiende la diversidad en el ámbito de las ideas y el conocimiento, promueve la libre expresión y favorece una cultura viva. Gracias por comprar una edición autorizada de este libro y por respetar las leyes de propiedad intelectual al no reproducir ni distribuir ninguna parte de esta obra por ningún medio sin permiso. Al hacerlo está respaldando a los autores y permitiendo que PRHGE continúe publicando libros para todos los lectores. De conformidad con lo dispuesto en el artículo 67.3 del Real Decreto Ley 24/2021, de 2 de noviembre, PRHGE se reserva expresamente los derechos de reproducción y de uso de esta obra y de todos sus elementos mediante medios de lectura mecánica y otros medios adecuados a tal fin. Diríjase a CEDRO (Centro Español de Derechos Reprográficos, http://www.cedro.org) si necesita reproducir algún fragmento de esta obra.
En caso de necesidad, contacte con: seguridadproductos@penguinrandomhouse.com

Printed in Spain – Impreso en España

ISBN: 978-84-272-2598-5
Depósito legal: B-21.286-2024

Compuesto por Carol Borràs
Impreso en Huertas Industrias Gráficas, S. A.
Fuenlabrada (Madrid)

MO 25985

Para Víctor, mi compañero de aventuras

PRÓLOGO

Indiana Jones es un famoso aventurero capaz de resolver acertijos complejísimos y rescatar tesoros de templos malditos. Yo, en cambio, solo tengo trece años. Compartimos apellido, sí, e incluso llevamos un sombrero muy parecido, pero él es un doctor en Arqueología que colabora con el gobierno y yo voy al instituto. Además, mientras que Indy sabe manejar el látigo y puede correr sin hacerse un solo rasguño delante de rocas gigantes que lo persiguen rodando, yo dedico las tardes a hacer los deberes.

Sin embargo, aquí estoy, en medio de una aventura que le habría impresionado incluso a él.

Mientras camino por la Alhambra en mitad de la noche, el corazón me late a toda velocidad. Lo único que se escucha en la oscuridad son mis pasos, porque estoy completamente sola. Cuando ilumino las paredes con la linterna del teléfono, las sombras bailan sobre las decoraciones de yeso. En el silencio flota algo ancestral, como unas voces que tienen siglos de antigüedad y parecen haberse quedado atrapadas en el palacio de los nazaríes.

Aún no sé cómo he llegado hasta aquí. He sobrevivido a una persecución y a un tiroteo, he escapado de unos peligrosos criminales que pretendían acabar con mi vida, y la herida que me han hecho en el brazo aún está abierta y sangrando. Después de todo eso, ni siquiera me acuerdo del examen de mates que tengo la semana que viene. En este momento soy una aventurera, y la misión que tengo por delante es mucho más importante que el instituto.

Porque sí, solo tengo trece años, pero soy una Jones. Y, mientras los Jones existan, siempre habrá alguien que defienda el patrimonio histórico, porque proteger los tesoros de la antigüedad es nuestra prioridad.

En la ciudad donde se unen los mares de la historia,
musulmanes y cristianos dejaron su memoria.
Una tumba de reyes, un pedazo de cielo,
¿sabes ya a qué lugar me refiero?

Busca en la intersección de culturas y eras
un monumento que guarda mil primaveras.
¿Puedes adivinar qué joya de Granada te invita a soñar?

Un secreto escondido, un sueño en la roca tallado.
¿Sabes ya dónde dejó su tesoro nuestro sultán desafortunado?

1

Ser la hija de la directora y el subdirector del Museo Arqueológico Nacional tiene muchas ventajas. Una de ellas es poder esconderte entre los restos de un templo griego cuando te buscan porque es la hora de volver a casa o jugar con tu hermano entre sarcófagos egipcios (y si es de noche mejor, porque puedes hacerte pasar por una momia y darle el susto de su vida).

La segunda ventaja son, sin duda, los viajes. Antes de encargarse de la dirección del museo, mis padres eran arqueólogos, y buena parte del tiempo la pasaron recorriendo el mundo de excavación en excavación. Él era de Barcelona y ella de Londres, pero se conocieron en Egipto. Esa fue su primera aventura. Después llegaron todas las demás. Y se casaron. En Londres. Como mi madre era una arqueóloga mucho más famosa (la mejor arqueóloga de su generación, según la revista *National Geographic*), quería conservar su apellido. En Inglaterra, las mujeres pueden adoptar el apellido del marido al casarse, pero en mi familia fue al revés: mi padre tomó el de mi madre.

Así, la doctora Charlotte Jones y su esposo, el doctor Eloi Jones, vivieron juntos aventuras dignas de las mejores películas de Hollywood. Desde China hasta Brasil, las historias de cómo habían tenido que entrar en tumbas malditas, atravesar selvas llenas de peligros o descifrar textos en lenguas muertas eran auténticas leyendas. Además, que compartiéramos apellido con el mítico Indiana Jones, del que yo siempre he sido fan absoluta, hacía que todo nos resultara aún más espectacular.

—**Mientras los Jones existan** —nos repetía mi madre— **siempre habrá alguien que defienda el patrimonio histórico.**

Hace trece años, sin embargo, todo cambió para ellos. Cuando mi hermano y yo nacimos, mis padres dejaron las aventuras, fueron a vivir a Madrid y aceptaron la dirección del museo, que implicaba una vida mucho más tranquila y aburrida. En sus viajes ya no había persecuciones ni tesoros escondidos, solo reuniones interminables. Lo único bueno era que siempre querían que los acompañáramos, y eso no solo nos permitía perdernos unos cuantos días de clase, sino también conocer ciudades y culturas lejanas.

Por eso, antes de comenzar aquel viaje, estaba tan contenta.

—¿Lo lleváis todo? —nos preguntó mi madre con las manos en el volante, dándose la vuelta para comprobar que tanto mi hermano como yo nos habíamos puesto el cinturón de seguridad. Llevaba tantos años viviendo en España que su acento era impecable—. ¿También los deberes?

—Mamá, por favor, solo vamos a estar fuera tres días —le dije—. **Déjanos disfrutar un poco.**

—Disfrutaréis cuando hayáis terminado los deberes. ¿No teníais un examen de Matemáticas la semana que viene?

Me encogí de hombros, como si no recordara a la perfección el control de ecuaciones que teníamos la semana siguiente (y para el que no había empezado a estudiar), y bajé la cabeza para esconderme bajo el ala del antiguo sombrero de mi padre. Aunque me va un poco grande, siempre me lo pongo en los viajes. De alguna forma, llevar ese sombrero me hace sentir que yo también puedo vivir aventuras, que mi vida no tiene que limitarse a ir al instituto por las mañanas y a clase de baile por las tardes. Vale, no es que eso esté mal, pero ¿quién no sueña con un poco más de acción?

Al ver que yo no respondía, mi madre miró a mi hermano. No solo nos parecíamos muchísimo (mismo pelo castaño y alborotado, mismos ojos verdes), sino que, al ser mellizos, vamos a la misma clase. **Una desgracia.** Todo lo que nuestros padres no le sonsacan a uno consiguen sonsacárselo al otro.

—Jaime —le dijo. Al instante recordó que mi hermano ya no respondía a ese nombre y rectificó—: J. J.

Pero él ni siquiera levantó la vista. Con el teléfono en la mano y los cascos puestos, estaba distraído con un vídeo de YouTube en el que un chico de pelo largo hablaba sobre un videojuego que iba de construir ciudades o minas, o algo parecido. Al contrario que mi hermano, quien por alguna razón misteriosa tiene miles de seguidores en las redes, yo no soy muy buena jugando a videojuegos.

—Eh —le llamé—. Champiñón. Mamá te está hablando.

Le observé durante unos segundos, deteniéndome en el gorro de lana que le aplastaba el pelo contra la frente. ¿Por qué siempre tiene que llevar esos estúpidos gorros? ¡Estábamos en abril y empezaba a hacer calor! De hecho, fue por un gorro como ese, hacía ya unos cuantos años, por el que se ganó el mote de «champiñón».

Al ver que seguía sin responder, le retiré uno de los auriculares de la oreja.

—¡¿**Qué haces, caracastor?!**

Al mote de «champiñón», él me respondía con el de «caracastor». Me lo había puesto cuando éramos pequeños porque, según él, mis dientes eran tan grandes que me hacían parecer un castor. Al crecer ya no destacaban para nada (de hecho, ahora tienen un tamaño bastante normal), pero J. J. sigue llamándome así para fastidiar.

—Soy treinta y tres segundos mayor que tú —le dije. Aunque él es más alto, me gusta recordarle que yo soy la hermana mayor—. Estás obligado a hacerme caso.

—Chicos, no discutáis —nos dijo mi padre, girándose para mirarnos por encima de las gafas—. El viaje es largo y tenemos que intentar hacerlo agradable, ¿entendido?

—Lo que es este viaje es aburrido —replicó J. J., poniéndose de nuevo los cascos—. Y sí, tenemos examen de mates. Pero es Manuela la que lo lleva mal. Yo sí he estudiado.

—¡Mentiroso!

Nefertiti, nuestra gata, emitió un maullido triste. Su transportín estaba entre nosotros, en el asiento del centro, y la conozco lo bastante bien como para saber que estaba intentando decirnos: «Callaos de una vez».

Tiene el pelo blanco como la nieve y los ojos verdes y enormes. Aunque es una gata mimada a la que solo le gustan las camas blanditas y el pienso de mejor calidad, no se pierde ningún viaje. Estoy convencida de que, para ella, quedarse sola es sinónimo de dejar de ser el centro de atención, y eso no puede soportarlo.

—Perdónanos, faraona —le dije, acariciándole el pelaje de detrás de las orejas—. No queríamos molestarte.

La gata cerró los ojos, aceptando mis disculpas, y volvió a dormirse.

El coche arrancó y enseguida dejamos atrás las calles de la ciudad. Esta vez el viaje no iba a ser muy largo, porque nuestro destino estaba en España. La semana anterior, mis padres habían recibido una llamada. Un misterioso millonario que vivía en Granada había fallecido y en su testamento le había dejado al museo una valiosa pieza de la época de al-Ándalus. Debía de tratarse de algo extraño, porque hacía mucho tiempo que no veía a mis padres tan sorprendidos. Por supuesto, ninguno de los dos había dudado en aceptar la donación y viajar hasta el lugar en el que se encontraba para inspeccionarla, tal y como su puesto les exigía. Solo después, cuando hubieran comprobado que no se trataba de una falsificación, la trasladarían al museo.

Por eso íbamos **rumbo a Granada**.

Como yo nunca había estado allí, ya soñaba con visitar la Alhambra. Sabía que era un palacio maravilloso, la joya de una época en la que en las calles de España se hablaba árabe y los mercados olían a especias y perfumes exóticos. Mis padres tendrían reuniones y cenas aburridísimas, pero nos habían prometido sacar algo de tiempo para hacer turismo con nosotros.

Estaba a punto de quedarme dormida con el movimiento del coche cuando noté vibrar el teléfono en el bolsillo del pantalón. Sabía quién era antes incluso de abrir el mensaje. Claudia, mi mejor amiga, se había quedado en Madrid. Nos conocíamos desde la guardería y no solo íbamos juntas a las clases de baile, también al instituto. Por eso, le había encargado que me contara todo lo que ocurriera mientras yo no estaba. Aunque solo iba a estar fuera tres días, necesitaba saber si el profesor de Educación física seguía empeñado en que entregáramos ese estúpido trabajo sobre los tipos de deportes que se juegan con raqueta, o si Paula y Mario habían reconocido por fin que están juntos. Y, vale, no nos engañemos, también necesitaba que me contara qué hacía Hugo mientras yo no estuviera.

Moriré de aburrimiento 🫠

Estás en mates, verdad?

Pues claro, vaya palo 🙊

Me reí. En el instituto no nos dejan utilizar el teléfono, así que la clase debía de estar siendo especialmente aburrida si se estaba arriesgando a que la castigaran.

Bueno. Ya solo nos quedan 243 días para el concierto de KIM 😍 🤩 🖤 🔥

KIM es nuestro grupo de k-pop favorito. Tanto Claudia como yo somos fans suyos desde el principio, cuando no eran tan conocidos, y aún no nos creíamos que hubiéramos podido conseguir entradas para el primer concierto que iban a dar en España. Las dos tenemos nuestras habitaciones llenas de pósters suyos y también llevamos la pulsera oficial que habían regalado con su último disco. Cuando todo va mal, nos recordamos los días que nos quedan para verlos.

> Suerte que sé que veremos a Du Min Kyu. Si no, me volvería loca 😅

> Ya te digo 👀

> Por cierto!! Te hago el resumen diario, que sé que lo estás esperando 🙄

> Hugo se ha sentado al final de la clase como siempre. Está con el móvil, así que no atiende mucho. Si se te dieran mejor las mates, podrías darle unas clases antes del examen 😉

Suspiré pensando en Hugo, y J. J. me miró con el ceño fruncido. No entiende lo que yo siento por Hugo. Nadie lo entiende, en realidad. Vale, Hugo no es Du Min Kyu, pero es el chico más guapo de la clase, y también es divertido y muy listo (aunque no se esfuerza mucho por sacar buenas notas, la verdad). Hemos hablado un total de tres veces (cuatro, si contamos la vez que me pidió un boli en clase de Lengua porque se le había olvidado el estuche), y recuerdo todas y cada una de las palabras que nos dijimos. A veces, antes de dormir, incluso las reproduzco en mi mente.

> Qué lleva hoy??? La sudadera negra??? 🐼

Mientras Claudia respondía, abrí su foto de perfil. Mi mejor amiga sale sonriendo, con las mallas negras y la falda que nos ponemos para las clases de baile. El pelo, rubio y liso, lo lleva recogido en dos moños que le dejan a la vista la cara llena de pecas y los ojos azules. Esa foto se la hice yo en el ensayo que tuvimos antes del festival de Navidad.

—¿Estás hablando con Claudia? —me preguntó J. J.
—¿Y a ti qué te importa?
—No me importa —me respondió, y volvió a fijar la

atención en el vídeo de su teléfono—. De hecho, creo que tu amiga es idiota.

Puse los ojos en blanco y decidí ignorarle. Desde el momento en que se conocieron, J. J. y Claudia se llevan mal. Todo es culpa de mi hermano, claro, ya que Claudia es la persona más simpática del universo. J. J., en cambio, no sabe ser amable con nadie. De hecho, en el instituto casi no tiene amigos porque, según él, «no está interesado en hacer amigos en un lugar como ese».

> Lleva una sudadera roja, menuda sorpresa!!!
> Será nueva??? 🙆

> Oye, ahora que me acuerdo... ya sabes qué es eso tan misterioso que el millonario ese ha donado al museo? 🤔 Te han dicho algo tus padres? Sabes si tiene poderes mágicos o algo así?

Justo en ese momento, el teléfono de mi madre comenzó a sonar. Lo hizo por los altavoces del coche porque siempre que conduce lo lleva conectado al sistema de navegación. Nefertiti abrió los ojos y la miró con cara de pocos amigos.

—¿Quién es? —preguntó mi madre en voz alta tras darle al botón de respuesta.

Todos nos quedamos en silencio.

—¿Señora y señor Jones? —preguntó un hombre con acento árabe—. Me llamo Karim, Karim Cherkaoui. Soy el hijo de Youssef Cherkaoui. Hablaron con mis abogados la semana pasada.

—Ah, Karim, claro. ¿Qué ocurre? Ya estamos de camino a Granada.

—Verá, es que… No sé cómo explicarles esto, pero… No está. La pieza que mi padre ha donado al museo ha desaparecido.

Mis padres se miraron y a mí se me aceleró el corazón.

—¿Qué? ¿Cómo? **¿No estaba vigilada?**

—Se lo contaré todo en cuanto lleguen. Vengan directos a mi casa, no vayan al hotel. Créanme, señora y señor Jones, esto no va a gustarles.

Y así fue como empezaron mis problemas.

2

La casa de Karim Cherkaoui era una auténtica mansión. Situada muy cerca de la Alhambra, tenía unos techos altos con vigas de madera y no se parecía a ninguna otra casa que yo hubiera visto antes. Tenía tres plantas inmensas, construidas alrededor de un patio lleno de flores con una bonita fuente. La parte baja de las paredes estaba decorada con azulejos de colores y, a pesar de que la edificación era moderna, había algo antiguo flotando en el ambiente, el tipo de magia ancestral que también se nota en los pasillos del museo.

Esta magia, sin embargo, quedaba empañada por la presencia de la policía. Había varios agentes que hacían preguntas a los miembros del servicio (sí, en aquella casa había servicio). Intenté escuchar sus conversaciones, pero no conseguí entender qué había ocurrido.

—Bienvenidos —nos saludó Karim en cuanto entramos—. Siento que este viaje haya sido tan agridulce.

El señor Cherkaoui era muy alto y tenía la piel morena y el pelo negro. Llevaba una barba larga y bien cuidada e iba vestido con un elegante traje de chaqueta que anunciaba a gritos que era millonario. A su lado, como si fuera un tímido ratoncillo que se había hecho amigo de un gato, había un chico joven con unas enormes gafas de pasta.

—Encantado de conocerlos por fin, señora y señor Jones. Soy David, el asistente del señor Cherkaoui. **Admiro mucho su trabajo.**

—Hemos llegado lo más rápido que hemos podido —dijo mi padre tras estrecharle la mano—. ¿Están todos bien?

—Por suerte, sí —le respondió Karim. Su cara, sin embargo, indicaba lo contrario—. Acompáñenme a mi despacho, por favor, y se lo contaré todo. David llevará a sus hijos a la biblioteca, allí podrán esperarlos.

—Claro —dijo mi madre. Se giró hacia nosotros y Nefertiti, que descansaba entre mis brazos, suspiró con cansancio—. Manuela, J. J., id con David. No creo que tardemos mucho. Enseguida iremos al hotel a descansar.

—Pero yo quiero saber qué ha pasado —respondí—. Quiero ayudaros.

—Ahora mismo no creo que puedas ayudarnos, cielo. Esto es algo muy serio.

Mi madre me recolocó el sombrero con cariño y después volvió a la conversación con el señor Cherkaoui y mi padre. Odio que me traten como si aún fuera una niña.

—Chicos, acompañadme —nos indicó David—. La biblioteca está al final del pasillo.

El asistente comenzó a caminar, y mi hermano y yo le seguimos a regañadientes. Nefertiti le observó la espalda durante unos segundos y se le tensaron todos los músculos. ¿Tanto se parecía David a un ratón que hasta la gata se había puesto nerviosa?

—¿Qué es exactamente un asistente? —le pregunté mientras atravesábamos los lujosos pasillos de la casa y dejábamos atrás a la policía.

David sonrió con orgullo y se ajustó las gafas. No sabía lo que significaba ser un asistente, pero sospeché que no podía ser sano. Era tan pálido que seguro que no había visto la luz del sol en muchos meses.

—El señor Cherkaoui es un hombre muy ocupado, así que yo le gestiono las reuniones, los viajes, los asuntos personales... También me encargo de controlar las citas médicas de su hija Amira, que tiene una enfermedad que le afecta al sistema nervioso. Con todos los negocios que gestiona, el señor Cherkaoui no puede encargarse de todo.

—¿Y la madre de Amira?

—Murió hace tiempo.

—¿Y por eso te pagan? —quiso saber J. J. Parecía horrorizado—. **¿Por llevarle la agenda a un millonario?**

—Bueno, no es un trabajo tan fácil como parece, pero las condiciones son buenas y me permiten seguir estudiando. Estoy haciendo la tesis doctoral, ¿sabéis? Soy experto en la cerámica del siglo XII.

Ni J. J. ni yo mostramos el entusiasmo que él esperaba, así que David arrugó la nariz y se limitó a guiarnos por los pasillos de la mansión.

Al igual que el resto de la casa, la biblioteca del señor Cherkaoui era inmensa. Había libros de mil tamaños y colores, colocados en estanterías que llegaban hasta el techo. **¿Cuántas vidas necesitaría yo para leerlos todos?** ¿Mil? Las únicas paredes que no estaban cubiertas por libros eran las que tenían colgados cuadros y tapices, que le daban a la sala un aspecto solemne, como si fuera el despacho de un ministro.

—Vendré a buscaros cuando vuestros padres terminen la reunión —nos indicó David—. Mientras esté la policía aquí, os aconsejo que no salgáis de la biblioteca. Podéis leer el libro que queráis.

En cuanto el asistente se marchó, dejé a Nefertiti en uno de los sillones que había en el centro de la sala y me acerqué a una estantería. J. J. se sentó junto a la gata y se dedicó a una de sus actividades favoritas: ponerse los cascos, mirar el teléfono e ignorarme. Lo agradecí. Los libros, al igual que el baile, el k-pop e Indiana Jones, son una de mis grandes pasiones. Siempre han sido mis compañeros, la puerta de entrada a mundos lejanos. Entre sus páginas he aprendido mucho, he encontrado amigos y he vivido aventuras. Miles de aventuras.

Estiré el brazo para coger un libro al azar y, entonces, la vi. Entre las sombras de la biblioteca, observándome, había una chica de mi edad. Grité mientras dejaba caer el libro, y Nefertiti se sobresaltó. J. J. se limitó a levantar la cabeza con curiosidad.

—¿Quién eres? —le pregunté—. ¿Qué haces ahí?

—Lo siento —me dijo ella, acercando su silla de ruedas hacia mí—. **No quería asustarte.** Me llamo Amira. Amira Cherkaoui.

—¿La hija de Karim?

Ella asintió, y yo la observé con curiosidad. Amira tenía la piel morena y los ojos negros. El pelo lo llevaba cubierto con un hiyab de color rosa. Sobre las piernas tenía un libro con una cubierta negra y las letras doradas.

—Yo soy Manuela —le respondí—. Manuela Jones. Ese es mi hermano, Jaime, aunque prefiere que le llamen J. J.

—Sois los hijos de los directores del Museo Arqueológico, ¿verdad?

Asentí, y ella sonrió. Casi parecía aliviada de habernos encontrado. Llevó la silla de ruedas hasta una de las mesas de la biblioteca y dejó el libro. Después, tras coger aire, volvió a mirarme.

—Sé por qué estáis aquí —dijo—. Mi padre ha hecho venir a los tuyos por el robo.

Al escuchar la palabra «robo», sentí una sacudida en el estómago.

—¿Sabes qué es lo que ha ocurrido?

Amira hizo que sí con la cabeza y, sin decir nada, se acercó hasta uno de los cuadros de la pared. Con un gesto, me indicó que la siguiera y señaló el cuadro.

—*La rendición de Granada* —me dijo.

La pintura debía de tener varios metros de altura y también de ancho. En ella se veían dos grupos de personas dialogando **a las afueras de una Granada antigua**, medieval. Con la Alhambra de fondo, el grupo que quedaba a mi derecha era mucho más grande y vestía con más lujo. Estaba liderado por un hombre y una mujer a caballo. Ella, que parecía una reina, llevaba una corona de oro sobre la cabeza.

—Los Reyes Católicos —me explicó Amira—. Te suenan, ¿verdad?

—Sí, claro.

El grupo que se encontraba frente a los Reyes Católicos, a mi izquierda, era más pequeño y estaba cabizbajo. Su líder, un hombre de barba oscura con expresión seria, iba montado sobre un caballo negro.

—El otro es Boabdil —me dijo Amira sin apartar la vista del cuadro—. El último sultán nazarí. Esta casa está construida en el lugar en el que ocurrió esta escena, donde Boabdil entregó Granada a Fernando e Isabel.

—¿En serio? —le pregunté—. Qué guay.

—Lo es —me respondió Amira con orgullo—. ¿Te has fijado en lo que Boabdil lleva en las manos?

Me acerqué más a la pintura y entorné los ojos.

—Es... Es una llave. **Una llave de oro.**

—La llave de la Alhambra —me corrigió ella—. Siempre se ha contado que Boabdil les entregó a los Reyes Católicos la llave de la ciudad de Granada cuando se rindió tras una década de guerra. Ese fue el momento en el que, después de ocho siglos de esplendor, finalizó para siempre el periodo de al-Ándalus.

Había estudiado eso en el instituto y lo había escuchado cientos de veces de la boca de mis padres: el fin de la Reconquista. En el museo había dos salas enteras dedicadas al arte y la historia de al-Ándalus, y eran mis favoritas. Al mirar el cuadro, sin embargo, me sentí incómoda. Casi podía percibir la tristeza de Boabdil.

—¿Y qué tiene de especial esa llave? —le pregunté a Amira—. Además de que parece de oro y tiene que costar una fortuna, claro.

—Que se supone que no existe. Los historiadores y los arqueólogos llevan siglos afirmando que esa llave no es más que un símbolo, pero todos se equivocan. Hasta ayer mismo, esa llave la tenía mi familia.

De repente, todo encajó en mi cabeza.

La pieza que Youssef Cherkaoui había donado al museo, la pieza que habían robado, era la llave de la Alhambra. Se creía que esa llave no era más que una leyenda, un tesoro que nadie había sido capaz de encontrar, pero en realidad sí existía. **Por eso era tan valiosa.**

—No sé cómo llegó a obtenerla mi abuelo ni tampoco sé cómo la ocultó durante tantos años, pero, en cuanto decidió contar la verdad y entregársela al museo para que la protegiera..., desapareció.

—¿Y quién ha podido hacer algo así? —pregunté, entre sorprendida y enfadada.

—No lo sab...

—Yo sí lo sé —la interrumpió mi hermano.

Me giré hacia él, extrañada, y él clavó sus ojos en los míos. Se había quitado los cascos y tenía un gesto serio, casi preocupado.

—¿De qué hablas?

—De que sé quién ha robado esa llave. Y tú también lo sabes, Manuela. Claro que lo sabes.

3

Los habíamos visto por primera vez hacía ya cuatro años. J. J. y yo acabábamos de cumplir nueve y nuestros padres nos llevaron a una subasta de piezas de arte que se celebraba en Madrid. Querían que entendiéramos cómo funcionaba el mundo de la compraventa de piezas históricas y que conociéramos sus peligros.

—Los museos nacionales siempre tenemos preferencia en las subastas —nos explicó mi padre mientras entrábamos en el lujoso edificio en el que iba a realizarse la puja—. Estamos amparados por lo que se llama derecho de tanteo. Eso significa que, si queremos comprar una de las piezas de la subasta para el museo, la ley nos da preferencia sobre los demás compradores.

La sala de subastas estaba organizada en mesas redondas cubiertas con manteles blancos, todas ellas orientadas hacia un pequeño escenario. Había camareros que servían bebidas y todos los presentes parecían nerviosos e ilusionados. De las paredes colgaban carteles de gran tamaño con fotos de la pieza más importante de la subasta: una estatuilla de bronce con forma de león proveniente de Nimrud, una de las capitales del desaparecido imperio asirio (que ahora forma parte de los territorios de Irak).

—Esa estatuilla tiene casi **tres mil años** —me dijo mi madre cuando nos sentamos en la mesa que nos habían reservado. Muchos de los presentes se giraron para mirarnos. Algunos incluso murmuraron—. Tiene una inscripción en caracteres cuneiformes, el primer sistema de escritura de la humanidad.

—El Museo Británico y el Museo del Louvre tienen colecciones impresionantes de arte mesopotámico —añadió mi padre—, pero nosotros tenemos muy pocas piezas de esa época. En la carrera arqueológica en Oriente Próximo, España no quedó entre las primeras.

—¿Y vamos a comprar la estatuilla? —quiso saber J. J.

—No —le respondió mi padre, que de repente se había puesto muy serio—. No vamos a comprarla.

En la mesa, junto a los nombres de mis padres y a un pequeño aparato que se parecía a un mando a distancia en miniatura, había un catálogo. Lo cogí y observé la escultura de bronce de la portada. Un león estaba tumbado sobre una especie de plataforma cuadrada, con las fauces abiertas, y tenía un asa en la espalda. No sabía qué decía la inscripción de la plataforma, pero sospechaba que aquella escultura no era solo decorativa, sino que tenía alguna función práctica.

Eché un vistazo al resto del catálogo, que estaba lleno de piezas de arte mesopotámico y algún que otro tesoro de monedas romanas, y después levanté la cabeza para observar a nuestro alrededor. Todos los presentes parecían incómodos y no dejaban de lanzarles miradas de soslayo a mis padres. Me inquieté.

—Pasa algo —susurré—. **No dejan de mirarnos.**

—Estas personas son coleccionistas y llevan años esperando para poder comprar las piezas que se subastan hoy —nos explicó mi madre—. Pretenden gastarse miles de euros en ellas y nuestra presencia puede impedir que las consigan. Si nosotros pujamos para llevárnoslas al museo, **no podrán hacer nada**. Por eso no les gusta que estemos aquí, somos su competencia. El derecho de tanteo, ¿recordáis?

—Pero todos querrán la estatuilla del león, ¿no? —preguntó J. J.—. Y nosotros no hemos venido por eso.

La pregunta quedó suspendida en el aire porque, justo en ese momento, las luces de la sala se apagaron. Las únicas que quedaron encendidas fueron las del escenario, en el cual se iluminaron también tres grandes pantallas. En ellas comenzaron a sucederse las fotos de las piezas que se iban a subastar, las mismas que yo había visto en el catálogo. En los pequeños mandos a distancia de las mesas apareció un brillante punto rojo que indicaba que ya estaban conectados.

—¡Buenas noches! —exclamó una voz masculina—. ¡Buenas noches y bienvenidos!

Las luces iluminaron a un hombre de mediana edad vestido con una camisa blanca y un pantalón negro que se subió al escenario. Todos los presentes aplaudieron, y él esbozó una sonrisa tan blanca como la nieve.

—Para los que no me conocen, me llamo Martín Ayala y soy el director de la casa de subastas Álvarez-Dragó e Hijos. Estoy muy emocionado porque hoy tenemos el gran honor de disponer de unas piezas históricas únicas y de un valor incalculable, unas piezas que nos han llegado desde la mismísima Mesopotamia. Si me hacen un favor, démosles un aplauso a los valientes arqueólogos que han arriesgado su vida para traerlas hasta aquí.

Esta vez, mis padres no se sumaron a los aplausos.

Al contrario que los demás, permanecieron quietos, observando a los tres hombres que se subían al escenario. Mi padre apretó los labios y los ojos de mi madre se llenaron de recuerdos desagradables.

—¿Qué ocurre? —les pregunté—. ¿Quiénes son?

—Son la razón por la que estamos aquí. Estos hombres son **traficantes de arte**.

Se me aceleró el corazón. Aquellos hombres bien vestidos eran traficantes de arte.

Ninguno de los tres parecía peligroso, desde luego, pero había algo en sus ojos que me hacía querer mantenerme alejada de ellos. No era la primera vez que mis padres me hablaban de los grupos organizados que robaban piezas históricas de países en guerra y después las vendían a casas de subastas llenas de clientes codiciosos que les llenaban los bolsillos. Al parecer no les importaba hacer lo que fuese necesario con tal de conseguir lo que deseaban, robando así el patrimonio histórico de países que no tenían forma de protegerse.

—Muchas gracias —dijo uno de los traficantes con un marcado acento francés. Era moreno, con los ojos verdes y una extraña cicatriz que le cruzaba la cara desde la nariz al mentón—. Me llamo Adrien Lambert y soy el director de la empresa de servicios arqueológicos que,

tras muchos meses de trabajo en Irak, ha encontrado estas piezas. Para nosotros es un honor saber que, gracias a la subasta de hoy, llegarán a las mejores manos.

Los otros dos hombres eran algo más bajitos que el primero. Uno de ellos era rubio, con unas enormes gafas redondas; el otro tenía el pelo negro y rizado. Ambos añadieron unas cuantas palabras de agradecimiento, pero yo ya no los estaba escuchando. No podía dejar de mirar a mi madre, que apretaba los puños con fuerza, y a mi padre, que parecía querer saltar de la silla para abalanzarse sobre los traficantes. Aunque nunca los había visto así, podía entenderlos. Su vida consistía en proteger el patrimonio histórico, y aquellos hombres representaban todo aquello contra lo que ellos luchaban.

—Hace dos años —nos dijo mi madre en voz baja— estos tres hombres organizaron un asalto al Museo de Bagdad. Lo saquearon casi por completo, y aquí está el resultado. No son arqueólogos ni han encontrado estas piezas en ningún yacimiento. **Son ladrones.**

—Por eso no vamos a comprar estas piezas —añadió mi padre—. Nuestro objetivo es desenmascararlos y que la policía pueda detenerlos por tráfico ilegal de obras de arte. Solo queríamos venir para intimidarlos.

—¡Que comience la subasta! —gritó el presentador.

Todos los presentes cogieron los mandos a distancia que tenían sobre las mesas y apuntaron con ellos a las pantallas. De esta forma pujarían por las piezas que les interesaran. Yo mantuve la vista clavada en los tres traficantes que se bajaban del escenario.

Cuando el hombre de la cicatriz miró a mi madre, el corazón me dio un vuelco. Primero la reconoció, luego le sonrió con burla. Aquel hombre la conocía, la conocía muy bien, y sabía que le había ganado la partida.

—Charlotte, no le hagas caso —le susurró mi padre—. Solo quiere provocarte. Algún día los pillaremos. Te lo juro.

Mi madre seguía con los puños cerrados. El traficante la miró durante unos segundos más y después me miró a mí. Un escalofrío me recorrió la espalda. Casi parecía estar reconociendo los rasgos de mi madre en los míos, analizándome, invitándome a participar en el duelo que mis padres llevaban años librando contra ellos.

El traficante me sonrió y, al instante, mi madre se puso en pie. Todos los presentes se sobresaltaron.

—Charlotte —murmuró mi padre.

—**Con mis hijos no** —gruñó mi madre, enfadada.

Pero Adrien Lambert no dejó de sonreír porque ya nos había visto, ya nos había reconocido, y ahora sabía cuál era el punto débil de sus enemigos: mi hermano y yo.

Por eso, hasta que no se marcharon, no dejaron de sonreír. Mi madre volvió a sentarse, más calmada, y la subasta continuó. Yo, sin embargo, me quedé con una extraña sensación de miedo, peligro y rabia. Por mucho tiempo que pasara, sabía que jamás olvidaría la cara de esos traficantes.

Lo que no me imaginaba era que ellos tampoco se olvidarían de la mía.

4

—Los traficantes —dije.

Mi hermano asintió, y yo recordé las caras de los tres hombres que habíamos visto en aquella subasta, esos tres hombres que mis padres tanto odiaban.

—¿Traficantes? —preguntó Amira, que se había encogido un poco sobre sí misma.

—Ladrones de obras de arte —le respondió J. J.—. Saquean museos, roban en yacimientos arqueológicos y todas esas cosas. Han debido de descubrir la existencia de la llave de la Alhambra y han decidido robarla.

—Pero ¿cómo? —dije yo—. ¿Y por qué? Ellos suelen robar en países en guerra, porque es mucho más fácil ocultar lo que hacen. Aquí, la desaparición de la llave saldrá hasta en las noticias. ¿Crees que se arriesgarían a acabar en la cárcel?

—Quizá la han robado para alguien que les ha pagado por adelantado, no para vendérsela a una casa de subastas. La policía no se enteraría si fuera así.

—O quizá —añadió Amira— la llave no es su verdadero objetivo.

Tanto mi hermano como yo la miramos, con el ceño fruncido, y Amira se dio la vuelta para volver a acercarse a la mesa en la que había dejado el libro. Cuando llegó hasta ella, lo cogió y pasó las páginas hasta encontrar una en concreto.

—**El tesoro del último sultán** —nos dijo—. Mi abuelo me contó una vez que, antes de abandonar Granada, Boabdil ocultó un tesoro de valor incalculable. Al parecer, ese tesoro era para él una promesa de que algún día volvería, de que recuperaría lo que era suyo, y por eso lo escondió en la ciudad.

Me acerqué hasta ella y J. J. se levantó del sillón para hacer lo mismo. En la página que teníamos delante, justo al lado de un texto en el que se hablaba de los **últimos gobernantes nazaríes**, alguien había dibujado a mano un cofre lleno de joyas, monedas de oro y piedras preciosas que sobresalían del arca que las contenía.

—¿Veis esto de aquí? —nos preguntó Amira, señalando la página de al lado. La persona que había hecho el

dibujo también había escrito unas palabras en árabe, un texto corto con florituras y formas redondeadas que se superponían a las aburridas letras del texto—. Es un acertijo, y lo escribió mi abuelo antes de morir. Fue él quien me regaló el libro, pero, cuando quise que me explicara cómo resolverlo, ya se había ido.

—¿Y qué significa? —le pregunté—. Lo entiendes, ¿no?

Amira asintió y, tras un leve carraspeo, recitó:

—«En la ciudad donde se unen los mares de la historia, musulmanes y cristianos dejaron su memoria. Una tumba de reyes, un pedazo de cielo, ¿sabes ya a qué lugar me refiero?

»Busca en la intersección de culturas y eras un monumento que guarda mil primaveras. ¿Puedes adivinar qué joya de Granada te invita a soñar?

»Un secreto escondido, un sueño en la roca tallado. ¿Sabes ya dónde dejó su tesoro nuestro sultán desafortunado?».

Los tres nos quedamos callados, pensativos, intentando darle sentido a unas palabras que parecía que no lo tenían. Mi mente trabajaba **a toda velocidad** intentando descifrar aquel extraño acertijo, pero lo único que conseguí averiguar fue lo que ya sabíamos: que Boabdil había escondido un tesoro en Granada.

—¿Por qué tu abuelo te dejaría un acertijo escrito en un libro? —se extrañó J. J.—. ¿Por qué no te dio el mensaje y ya?

—Porque no quería que **nadie más lo descubriera** —me avancé a responder yo, entendiéndolo al instante—. Quizá sospechaba de alguien de su entorno, alguien que quería quedarse la llave, y la única en la que confiaba era en su nieta.

Amira apretó los labios y después asintió. Las dos habíamos llegado a la misma conclusión: que su abuelo sabía que alguien intentaría robar la llave y quería que Amira llegara al tesoro antes que los ladrones. Por eso la habíamos encontrado allí, en la biblioteca, aferrada a un mensaje sin sentido que le había dejado su abuelo.

—Si mi abuelo le dio la llave al museo y me dejó este mensaje a mí, creo que de alguna forma esperaba que trabajáramos juntos. Puede que esperara que yo encontrara el tesoro y el museo lo protegiera, no lo sé, pero tenemos que averiguarlo.

—Podemos contárselo a nuestros padres —le dije—. No sería la primera vez que encuentran un tesoro escondido.

—¡No! —exclamó Amira—. Ni vuestros padres ni el mío

pueden saber nada del tesoro hasta que yo lo haya encontrado. Mi abuelo no les dejó el acertijo a ellos, sino a mí, y tengo que descubrir por qué. Pero vosotros podéis ayudarme.

—¿Ayudarte? —le preguntó J. J.—. ¿Nosotros? Creo que te equivocas de personas.

—¡Entre los tres podemos descubrir dónde escondió Boabdil el tesoro!

—Pero ¿y la llave? —intervine—. Sin ella, llegar hasta el tesoro no nos va a servir de nada.

—Vosotros conocéis las caras de los ladrones —insistió Amira, entusiasmada—. Sabéis quiénes son, y eso es una ventaja. **Si llegamos al tesoro antes que ellos, podemos intentar...**

—Oye, para —la interrumpió J. J.—. No vamos a perseguir a unos traficantes por toda la ciudad. ¿Has pensado en, no sé, llamar a la policía?

—Si mi abuelo hubiera querido que interviniera la policía, los habría llamado él mismo.

J. J. se cruzó de brazos y yo esperé en silencio, analizando la situación.

Por un lado, quería ayudar a Amira; por otro, hacerlo me parecía una locura. Las únicas pistas que teníamos para llegar hasta ese misterioso tesoro eran un acertijo en árabe y las caras de unos conocidos y peligrosos delincuentes. ¿Qué oportunidades teníamos de conseguirlo?

Abrí la boca para decírselo a Amira cuando el asistente de Karim abrió la puerta de la biblioteca. Los tres nos sobresaltamos y Nefertiti, que se había quedado dormida en el sillón, dio un salto.

—Chicos, vuestros padres ya han terminado —nos dijo, mirándonos a través de los cristales de sus enormes gafas—. Amira, ¿qué haces aquí? ¡Deberías estar descansando!

—Lo siento, David —le dijo la niña mientras cerraba el libro con disimulo—. La novela que estoy leyendo está muy interesante, y cuando me he encontrado con Manuela y J. J. les he tenido que contar de qué iba. ¡También les gustan las novelas de aventuras, **como a mí**!

—Bueno, no se lo contaré a tu padre, pero, cuando acompañe a nuestros invitados a la salida, te llevaré a tu habitación.

La hija de Karim asintió y yo me acerqué a recoger a Nefertiti. El sillón de la biblioteca le debía de haber parecido cómodo, porque no le hizo mucha gracia tener que abandonarlo. Tuve que tirar de ella con fuerza para lograr que lo soltara.

—Me ha gustado mucho conoceros —nos dijo Amira.

—A nosotros también —le respondí—. Nuestra conversación ha sido muy... interesante.

—Desde luego. ¿Por qué no os lleváis el libro que hemos estado comentando? Así podréis leerlo siempre que queráis.

Amira sonrió y, con un gesto de la cabeza, señaló el libro cerrado sobre la mesa.

—¿Estás segura? —le pregunté—. **Es un libro muy importante para ti.**

—Estoy segura, Manuela. Yo me lo sé de memoria, y puede que vosotros lo necesitéis más que yo.

Lo que Amira nos estaba diciendo, en realidad, era que ella se había aprendido de memoria el acertijo de su abuelo y que quería que nos quedáramos nosotros el libro. Quería que, en caso de que decidiéramos ayudarla, tuviéramos todas las pistas a mano.

—Está bien —musité.

Como yo tenía a Nefertiti entre los brazos, fue J. J. el que se acercó a cogerlo.

—Espero que podáis resolver todos sus misterios. Nada me haría más ilusión.

Nos marchamos de la biblioteca en silencio, llenos de dudas e incertidumbres.

El Boabdil pintado en el cuadro de la pared nos observó hasta que salimos de la sala.

5

Cuando se fue el sol, mis padres tuvieron que arreglarse para ir a una cena de gala organizada por el señor Cherkaoui. Después de lo que había pasado con la llave ninguno de los dos tenía ganas de asistir a un evento, pero las fiestas eran muchas veces tan importantes como las reuniones. Además, Karim había insistido en que, mientras la policía trabajaba para encontrar a los ladrones, lo mejor que podían hacer todos era aparentar normalidad.

—No os acostéis muy tarde, ¿vale? —nos pidió mi madre. Se había puesto un vestido negro de tirantes que brillaba cada vez que le daba la luz—. No sé a qué hora llegaremos, ya sabéis que estas cosas suelen alargarse. Si os apetece, podéis pedir unas pizzas para cenar.

—Sea como sea —añadió mi padre, poniéndose la chaqueta del traje—, mañana por la mañana iremos a visitar la Alhambra, así que lo mejor es que no os acostéis tarde. Quiero que estemos allí a las ocho y media en punto. ¡Tenéis que estar descansados para aguantar todo lo que os voy a contar!

—No parecen muy entusiasmados, Eloi —le dijo mi madre.

—Eso es porque no saben que en la Alhambra hay una sala que tiene grabadas las estrellas en los techos de madera y mirarlos es como observar el mismísimo cielo.

—Ah, sí. **El Salón de Comares.** Creo que es mi sala favorita.

Tanto J. J. como yo teníamos ganas de ver la Alhambra, pero nuestros padres a veces olvidan que ya no somos niños. Nos gusta hacer turismo y subir a Instagram fotos de nuestros viajes, pero las historias mágicas que nos contaban sobre los monumentos cuando éramos pequeños ya no nos sorprenden como antes.

Por eso no aparté la vista de la pantalla de mi portátil.

La habitación del hotel que nos habían dado a J. J. y a mí era amplia, justo al lado de la de nuestros padres, con dos camas separadas y un pequeño salón. En ese momento, mientras mi hermano jugueteaba con su teléfono, yo estaba viendo *Indiana Jones y la última cruzada* en el ordenador. Sí, soy consciente de que es una película muy antigua y también de que los efectos especiales dejan mucho que desear, pero **no hay nadie a quien admire más que al valiente Indy** (a mis padres quizá sí, pero Indiana Jones no me regaña cuando como demasiado chocolate). Esa película, además, es mi favorita de toda la saga. Ni siquiera me importaba que Nefertiti se paseara de vez en cuando delante de la pantalla para llamar la atención, porque me sabía los diálogos de memoria.

—Si necesitáis cualquier cosa, llamadnos —insistió mi madre—. Ya sabéis que siempre tengo el teléfono en...

—Mamá —la interrumpió J. J.—. ¿Os podéis ir ya? Empiezo un directo en Twitch en quince minutos y necesito silencio.

—Lo que no quiere es que sus miles de seguidores sepan que es un niño de mamá —me burlé yo.

J. J. me lanzó una mirada asesina y yo sonreí al comprobar que le había chinchado.

—¡Portaos bien! —exclamó mi padre antes de cerrarnos la puerta.

Durante unos instantes, en la habitación reinó la calma. Mi hermano se sentó en una de las camas, con el teléfono en la mano y los auriculares puestos, y yo me acomodé en el sillón para terminar de ver la película. Nefertiti, que había estado correteando por la habitación, se subió de un salto y se tumbó a mi lado, esperando que la acariciara.

Quería estar tranquila y dormirme pronto, pero no podía dejar de pensar en el acertijo de Youssef Cherkaoui. El libro de Amira estaba sobre mi cama y parecía estar llamándome a gritos. **¿Y si los traficantes habían encontrado ya el tesoro?** ¿Y si Amira nunca descubría qué era lo que su abuelo intentaba decirle porque nosotros no hacíamos nada?

Suspiré y cogí el teléfono para hablar con Claudia. Nada más llegar al hotel le había contado todo lo que había pasado con Amira. Claudia y yo somos como una sola persona, lo que sabe una lo sabe la otra, y le confiaría hasta mi vida. Ella es la única que sabe que le robé el examen de Francés a la profe cuando se dejó la carpeta encima de la mesa (el único examen de todo el curso en el que saqué un diez), y la única que sabe que en las noches de tormenta aún me gusta abrazar a Manoplas, mi primer oso de peluche.

Claudia es muy buena guardando secretos, pero es que además es la persona más inteligente que conozco. Si había alguien que pudiera ayudarnos a encontrar el tesoro del último sultán era ella.

Sin embargo, parecía que a mi mejor amiga también se le estaban acabando las ideas.

> Vale, le he preguntado a ChatGPT si puede descifrar el acertijo del abuelo de Amira, y me ha dado varias respuestas. La catedral, la Alhambra, la puerta de Elvira, el palacio de Dar al-Horra... 😵

> Se lo has preguntado a ChatGPT? Claudia, esto no es una redacción para la clase de lengua 🙄

> Yo qué sé... Estoy desesperada!! Creo que estamos en un callejón sin salida

Me quedé mirando el teléfono mientras le daba vueltas a lo mismo una y otra vez. Un tesoro escondido en Granada. Encontrarlo no solo era importante para Amira, también lo era para mí, para el museo y para el patrimonio. Youssef Cherkaoui le había dado el acertijo a su nieta para que encontrara el tesoro, pero la llave se la había dejado a mis padres. Estaba claro que el millonario quería protegerlo de algo, o de alguien, y que no podíamos confiar en nadie. Ni siquiera en la policía.

Alcé la cabeza y miré de nuevo el ordenador. Indiana Jones y su padre iban montados en una motocicleta mientras los malos los perseguían y les disparaban. Tanto la música como la escena eran frenéticas, y era

casi imposible apartar la mirada. Podía imaginarme a mis padres así, viviendo una aventura tras otra, rescatando piezas históricas de ladrones que solo las querían para su propio beneficio.

Mientras tanto yo estaba allí, sentada en el sillón de un hotel con una gata sobre las piernas, limitándome a ver a través de una pantalla la vida con la que soñaba.

¿No era eso lo que siempre había querido? ¿Ser como mis padres? Ellos no habrían dudado un solo segundo en ayudar a Amira a salvar tanto el legado de su abuelo como un tesoro de valor incalculable para la historia. Indiana Jones tampoco. ¡Hasta KIM tenía una canción que decía que fueras valiente y persiguieras tus sueños!

Me puse en pie de un salto (acompañado de un merecido bufido de Nefertiti) y comencé a dar vueltas por la habitación.

—Quedan diez minutos para que empiece el directo —me advirtió J. J.—. Espero que te quedes quieta para entonces, o tendré que encerrarte en el baño.

Le ignoré. Estaba claro que el acertijo de Youssef Cherkaoui hablaba de un monumento en Granada, pero ¿de cuál?

—Una tumba de reyes... —susurré—. Un pedazo de cielo...

Saqué el teléfono y escribí a Claudia.

> Sabes si hay algún rey enterrado en Granada?

> Claro. Los Reyes Católicos. 👸 🤴
> Su tumba está en la catedral

Una tumba en la catedral. ¡Una tumba en la catedral! ¿A qué otro lugar se podría estar refiriendo el abuelo de Amira si no era a la mismísima tumba de los Reyes Católicos?

Corrí hasta la mesa del pequeño salón, donde la organización del hotel nos había dejado un mapa desplegable de Granada (y un par de deliciosos bombones de chocolate blanco de los que, por supuesto, no quedaba ni el envoltorio) y lo abrí.

Tal y como imaginaba, en el centro exacto del casco antiguo de la ciudad estaba la catedral. Una intersección de culturas y eras. Me reí en voz alta y J. J. me miró con odio.

—¡Es la catedral! —exclamé—. **¡La catedral!**

—¿De qué hablas?

—Del tesoro del último sultán. ¡Está escondido en la tumba de los Reyes Católicos! Tenemos que llegar allí antes de que lo hagan los traficantes.

—Manuela, son las ocho de la tarde. Estoy a punto de empezar un directo, uno que van a ver casi cinco mil personas, y no tengo ganas de salir de la habitación. ¿Para qué quieres ir a la catedral? ¿Para que esos delincuentes nos maten? ¡Ni siquiera tenemos la llave!

—Si llegamos antes que ellos —respondí—, podemos intentar quitársela. Vamos, J. J., **¡sabemos quiénes son esos hombres!**

Mi hermano miró la pantalla de su teléfono y entrecerró los ojos. Después, me dijo:

—Cinco minutos para empezar el directo. Lo siento, hermanita, pero no tengo tiempo.

Bufé, enfadada, y me crucé de brazos.

Bien, ¿mi hermano no quería venir? Perfecto, pues iría yo sola. No pensaba quedarme quieta mientras esos ladrones le quitaban a Amira el legado de su abuelo y al museo la posibilidad de protegerlo.

Me acerqué hasta mi cama y cogí el sombrero de mi padre. Me lo puse y, sin mirar a J. J., caminé hasta la puerta.

—¿A dónde te crees que vas? —me preguntó mi hermano cuando puse la mano en el pomo.

—A encontrar un tesoro. ¿Vienes?

J. J. apretó los labios, indeciso, y después se levantó

de la cama. Lo hizo soltando un gruñido de frustración, claro, pero me conmovió que, a pesar de todo, quisiera acompañarme.

—Tendré que retrasar el directo un par de horas. Eres un fastidio, ¿sabes?

—Y también treinta y tres segundos mayor que tú.

Así, juntos, nos escapamos de la habitación.

6

A pesar de que ya era de noche, las calles de Granada estaban llenas de vida. La primavera estaba a punto de llegar y se notaba en el ambiente. El tiempo era agradable, había flores en los balcones y muchos turistas paseaban ya en manga corta.

J. J. y yo dejamos atrás el hotel, que estaba muy cerca del puente Romano, y siguiendo las indicaciones de Google Maps avanzamos por la ciudad. Aunque teníamos claro a dónde íbamos, no teníamos ni idea de cómo íbamos a conseguir nuestro objetivo. ¿Y si no podíamos entrar en la catedral? ¿Y si los traficantes habían llegado antes que nosotros? ¿Y si, a pesar de todo, no encontrábamos el tesoro?

Una notificación apareció en la pantalla de mi teléfono y se me paró el corazón al pensar que podían ser mis padres. Sin embargo, cuando vi que era Claudia, volví a respirar tranquila.

> Buena suerte!!! Si necesitáis ayuda, aquí estaré 🙋

> (A no ser que hagáis algo peligroso, que entonces no voy a poder hacer nada)

> No hagáis nada peligroso!!!! 😇

—¿Por qué siempre tiene que meterse en todo? —preguntó J. J. Como estaba mirando el mapa en mi teléfono, también había visto los mensajes—. Qué pesada que es.
—Es lo que hacen los amigos —repliqué—. Si tuvieras alguno, lo sabrías.
—Sí que tengo amigos.
—Los imaginarios no cuentan, champiñón.
Continuamos caminando durante unos minutos más hasta que, sin darnos cuenta, llegamos hasta una calle estrecha que, en realidad, era un mercado. La entrada tenía forma de arco, y todo en él recordaba a los zocos árabes que podían verse en países como Marruecos

o Egipto. Aunque casi todas las abarrotadas tiendas vendían souvenirs para turistas, algo me hizo detenerme de golpe. De alguna forma sentía que nos habíamos transportado a otra época, que el olor a especias y el exótico color de las telas no pertenecían al presente, sino al pasado.

—ALCAICERÍA —leyó J. J. en los azulejos que había encima del arco de entrada—. MERCADO DE ARTESANÍA.

Observé a la gente con curiosidad y, por alguna razón, se me aceleraron los latidos del corazón. Según Google Maps la catedral estaba cerca, pero mis pies se negaban a moverse. Estaba hipnotizada, como muchas veces me pasaba en el museo, por la magia que desprendía la historia de aquel lugar.

—Manuela, ¿qué haces? —me preguntó mi hermano—. No querrás entrar a comprar un recuerdo, ¿verdad?

Y entonces los vi.

A los traficantes.

El primero al que reconocí fue el de la cicatriz. Aunque habían pasado cuatro años, no había cambiado nada. El estómago me dio un vuelco y todos los músculos se me tensaron. Adrien Lambert seguía siendo moreno y tenía los ojos tan verdes como los recordaba.

Estaba en la entrada de una de las tiendas, observándolo todo con sospecha. A su lado, rodeados de cientos de turistas, se encontraban los otros dos.

—Están ahí —murmuré.

J. J. frunció el ceño y, hasta que no siguió la dirección de mi mirada, no entendió de qué le estaba hablando. Cuando los reconoció, abrió mucho los ojos.

—Vale, que no cunda el pánico. ¿Cuál es el plan?

—**¿Plan?** No tenemos ningún plan.

—¿Y qué vamos a hacer? ¿Seguirlos hasta la catedral y pedirles amablemente que nos den la llave?

Los traficantes se despidieron del dependiente y, un instante después, se perdieron entre la gente. ¡Oh, no! Ahora que los habíamos localizado, no podíamos perderlos.

Sin pensarlo un solo segundo, entré en la Alcaicería. J. J. me llamó, pero, al ver que no le hacía ningún caso, me siguió.

Mis piernas se movían solas, alimentadas por las ganas que tenía de aventura y justicia. En el interior del mercado me recibió el aroma a incienso y canela, así como las voces de los cientos de personas que abarrotaban las estrechas calles que lo formaban. Los grupos de turistas me impedían el paso, pero yo era rápida y ágil. ¡Para que luego digan que ir a clase de baile dos veces por semana es una pérdida de tiempo!

—¡Manuela! —me gritó J. J., que avanzaba a mi espalda.

Pero yo no me detuve. Tenía la vista clavada en las cabezas de los traficantes, que sobresalían por encima de la muchedumbre. **Me colé entre la gente**, intentando que no me empujaran, y, justo en ese momento, Lambert se dio la vuelta. Nuestros ojos se encontraron y yo, como una presa, me quedé quieta, atrapada en aquel maligno verde esmeralda. J. J. chocó conmigo y por poco no nos caímos al suelo.

—Oh, no —susurró mi hermano.

Cuando el hombre entornó los ojos, supe que me había reconocido. Tragué saliva.

Hacía cuatro años, en la subasta, había averiguado que era la hija de los directores del Museo Arqueológico. Aún parecía recordarlo.

Estuve a punto de darme la vuelta, de volver a la seguridad del hotel y contárselo todo a mis padres, pero no me moví. Alcé la cabeza y, rodeada por el barullo de voces de un mercado en el que olía a historia, le sostuve la mirada. Indiana Jones nunca se habría acobardado ante sus enemigos.

El traficante les dijo algo en voz baja a sus compañeros y estos me miraron también. Un segundo después, comenzaron a correr.

—¡Vamos! —le dije a J. J.

Pero era difícil correr en unas calles tan abarrotadas de gente. J. J. iba pidiendo perdón a todos aquellos a los que empujábamos; yo, sin embargo, estaba concentrada en alcanzar a los traficantes. Me notaba los latidos del corazón golpeándome el pecho y la garganta. Los ladrones estaban muy cerca y probablemente llevaban encima la llave.

Aceleré el ritmo, pero al hacerlo el sombrero de mi padre salió volando, **y yo contuve el aliento**.

—¡No! —exclamé.

Me detuve y retrocedí unos pasos para cogerlo. J. J. dejó de correr. Cuando volví a colocarme el sombrero en la cabeza y quisimos continuar, un grupo de turistas japoneses nos había cortado el paso. Iban siguiendo a un guía con un paraguas y eran muchos. Demasiados. El pecho me subía y me bajaba a toda velocidad, y las gotas de sudor me mojaban la espalda.

—No tenemos tiempo para esto —dijo J. J., a quien también le costaba respirar después de la inesperada carrera—. Sumimasen! Chotto torimasu!

Miré a mi hermano, sorprendida, y los turistas también lo hicieron. Cuando se apartaron para dejarnos pasar, él me cogió la mano y me arrastró al otro lado.

—¿Cómo has aprendido a hablar japonés? —le pregunté.

—Viendo animes. Es mucho más divertido que ir a clase.

—Estoy segura de que lo has dicho mal.

—¿Se han apartado o no?

—**¡Porque los habrás asustado!**

Continuamos corriendo, pero ya no había ni rastro de los traficantes. La Alcaicería está llena de callejones y recovecos entre los que es fácil perderse. Quizá habían entrado en una tienda o se habían camuflado entre un grupo de turistas alemanes, o quizá estaban ya muy lejos de allí. Solo habían necesitado un par de segundos de distracción para desvanecerse por completo.

—¿Dónde se habrán metido?

Todo parecía estar en nuestra contra cuando, sin esperarlo, llegamos al final del mercado. Al dejar atrás las tiendas y el barullo, salimos a una enorme plaza que parecía estar recibiéndonos con los brazos abiertos. Tanto J. J. como yo nos detuvimos para coger aire, pero no tardamos en darnos cuenta de dónde estábamos.

Ante nosotros se alzaba un edificio inmenso, un edificio que nos miraba desde arriba con aspecto noble, como si supiera que toda esa cantidad de años de historia que acarreaba lo hacían superior a los mortales que lo admiraban.

—Una tumba de reyes —recité—. Un pedazo de cielo.

Contuve el aliento ante los imponentes tres arcos de la fachada, ante las luces que la iluminaban y la convertían en un lienzo en el que bailaban las sombras. Después, sin dejar de mirarla, sonreí.

—Una intersección de culturas y eras —continué—. Un monumento que guarda mil primaveras.

Habíamos llegado a la catedral de Granada y, por tanto, al lugar que escondía el tesoro del último sultán.

7

Hacía horas que la catedral estaba cerrada al público, así que entrar por la puerta principal quedaba descartado. Sin embargo, y a pesar de que eso nos complicaba las cosas, también era una ventaja. Al estar cerrada, la catedral estaría vacía. Y a nosotros nos sería más fácil llegar hasta el tesoro.

—Si los traficantes han entrado, tiene que haber alguna forma de hacerlo —dije, observando el edificio.

—¿Y si no lo han hecho? —replicó J. J.—. ¿Y si siguen dando vueltas por la Alcaicería?

—Estoy segura de que es aquí a donde venían. Por eso comenzaron a correr en cuanto nos vieron: querían llegar antes que nosotros.

J. J. no parecía muy convencido, pero aun así no dijo nada.

Nos alejamos del barullo de la plaza y comenzamos a buscar una forma de colarnos en la catedral. Sin embargo, aquel edificio era una inmensa fortaleza en la que era imposible entrar.

Levanté la cabeza para mirar hacia arriba, preguntándome si sería posible escalar y entrar desde lo más alto, pero J. J. me tiró del brazo y me obligó a seguir hacia delante.

—**Ni se te ocurra.**

Continuamos caminando y, tras rodear el edificio, llegamos a otra plaza. Esta era un poco más pequeña que la anterior, y también más tranquila. Frente a nosotros había una enorme puerta de madera (por supuesto, también cerrada) que daba acceso a la catedral. A su lado había un cartel en el que podía leerse «Capilla Real». ¡Esa debía de ser la tumba a la que se refería Claudia! ¡La tumba de Fernando e Isabel!

Observé las decoraciones talladas en piedra que rodeaban la puerta, todas ellas de tema religioso, y susurré:

—Un sueño en la roca tallado.

La emoción me estalló en el estómago y me recorrió el cuerpo como una descarga. Estábamos cerca. Muy cerca.

Justo al lado de la inmensa y decorada puerta de la Capilla Real, había otra más sencilla. Mientras la miraba, un hombre la abrió desde dentro y salió a la calle. Iba vestido con una sotana negra y un alzacuellos blanco, así que debía de ser un cura. No pasé por alto que no cerraba la puerta con llave, quizá porque esperaba volver pronto o porque confiaba en que nadie iba a colarse en el edificio mientras él estuviera fuera.

—**Ya sé lo que estás pensando** —me dijo J. J. cuando el cura se alejó—. Y no me gusta.

—No vamos a hacerle daño a nadie. ¡Al contrario! Vamos a impedir que unos ladrones roben un tesoro.

Antes de que pudiera llevarme la contraria, avancé hasta la puerta y entré en la catedral. Lo hice con naturalidad, intentando no llamar la atención, pero me sudaban tanto las manos que dejé el pomo empapado. Mi hermano, muy a su pesar, me siguió.

Una vez dentro, los dos observamos el pasillo que se abría ante nosotros. Estaba recubierto de mármol, así que, si no caminábamos con cuidado, nuestros pasos resonarían por toda la catedral. Por eso avanzamos con lentitud, atentos a cualquier ruido.

Enseguida dejamos atrás el pasillo y, tras abrir otra puerta, entramos en la nave principal de la catedral.

Ante nosotros se alzaban unas gruesas columnas blancas que sostenían unas altísimas bóvedas decoradas. Ni J. J. ni yo éramos muy altos, pero debajo de aquella inmensidad parecíamos minúsculos, más mortales que nunca. Hasta el olor que flotaba en el aire, a incienso y cera, parecía decirnos que en aquel lugar había algo sagrado, algo que no podíamos llegar a comprender.

Avanzamos en silencio entre los bancos de madera, observándolo todo con admiración, hasta llegar a la joya del edificio: el altar de la capilla mayor.

Como el retablo que la decoraba estaba hecho de oro, tenía un aspecto soberbio, casi celestial. Sin embargo, lo más bonito de todo era la cúpula que la cerraba por encima. Estaba apoyada sobre una base circular en la que se alternaban ventanas con vidrieras, y desde abajo su centro parecía los pétalos de una flor. Lo que más me llamó la atención era que estaba pintada de azul y decorada con cientos de estrellas doradas.

—**Una tumba de reyes** —murmuré mientras subía los escalones hasta el altar—. Un pedazo de cielo.

Me dolía el cuello de mirar hacia arriba, pero sonreí. Casi podía sentir el tesoro allí escondido, pidiéndonos ayuda.

—Eh, Manuela —dijo J. J.—. Tenemos un problema.

Cuando bajé la vista hacia él, los vi. Los traficantes. Estaban frente a nosotros y nos impedían escapar. ¿De dónde habían salido? ¡No habíamos oído nada! El de las gafas estaba a la derecha, el de pelo negro rizado, a la izquierda; el de la cicatriz, en el centro. Los tres sonreían como lobos al ver que nos habían acorralado contra el altar.

—Vaya, vaya —dijo Lambert con su acento francés—. **Parece que alguien nos está siguiendo.**

—¿Dónde están vuestros padres? —nos preguntó el de las gafas. Era la primera vez que le oía hablar, pero enseguida me di cuenta de que era español—. Esos estúpidos Jones siempre tienen que meter las narices donde no los llaman.

Di un paso al frente para colocarme delante de J. J. y me encaré con los ladrones. Tenía el corazón desbocado y me costaba respirar, pero no iba a acobardarme ante ellos. Sabía que eso era lo que querían y no iba a darles la satisfacción de conseguirlo.

—Dadnos la llave —gruñí—. Es patrimonio histórico, y no os pertenece.

—¿Y a quién le pertenece? —replicó Lambert—. ¿Al museo? ¿Ellos pueden hacerse ricos exhibiéndola y nosotros no?

—¡El museo no se hace rico con la historia que nos pertenece a todos! **¡Lo que hace es protegerla!**

—Veo que te has aprendido muy bien el discurso de tus padres, niña estúpida —dijo el de pelo negro rizado con acento portugués.

Antes de que J. J. y yo pudiéramos decir nada más, Lambert sacó una pistola y nos apuntó con ella. Me quedé congelada. Notaba la respiración agitada de mi hermano a mi espalda, sentiría su miedo en los huesos.

—El tesoro no está aquí, por cierto —nos dijo el de las gafas—. Quizá os creéis muy listos, pero no lo sois.

¿Que el tesoro no estaba en la catedral? Entonces ¿por qué estaban ellos allí? Observé el cañón de la pistola, que seguía apuntándonos al pecho, y de golpe lo comprendí. No éramos nosotros los que estábamos persiguiendo a los traficantes, sino ellos los que iban detrás de nosotros. Al vernos, habían decidido tendernos una trampa. Y habíamos caído en ella.

—Rezad todo lo que sepáis, ha llegado vuestra hora.

Y, entonces, disparó.

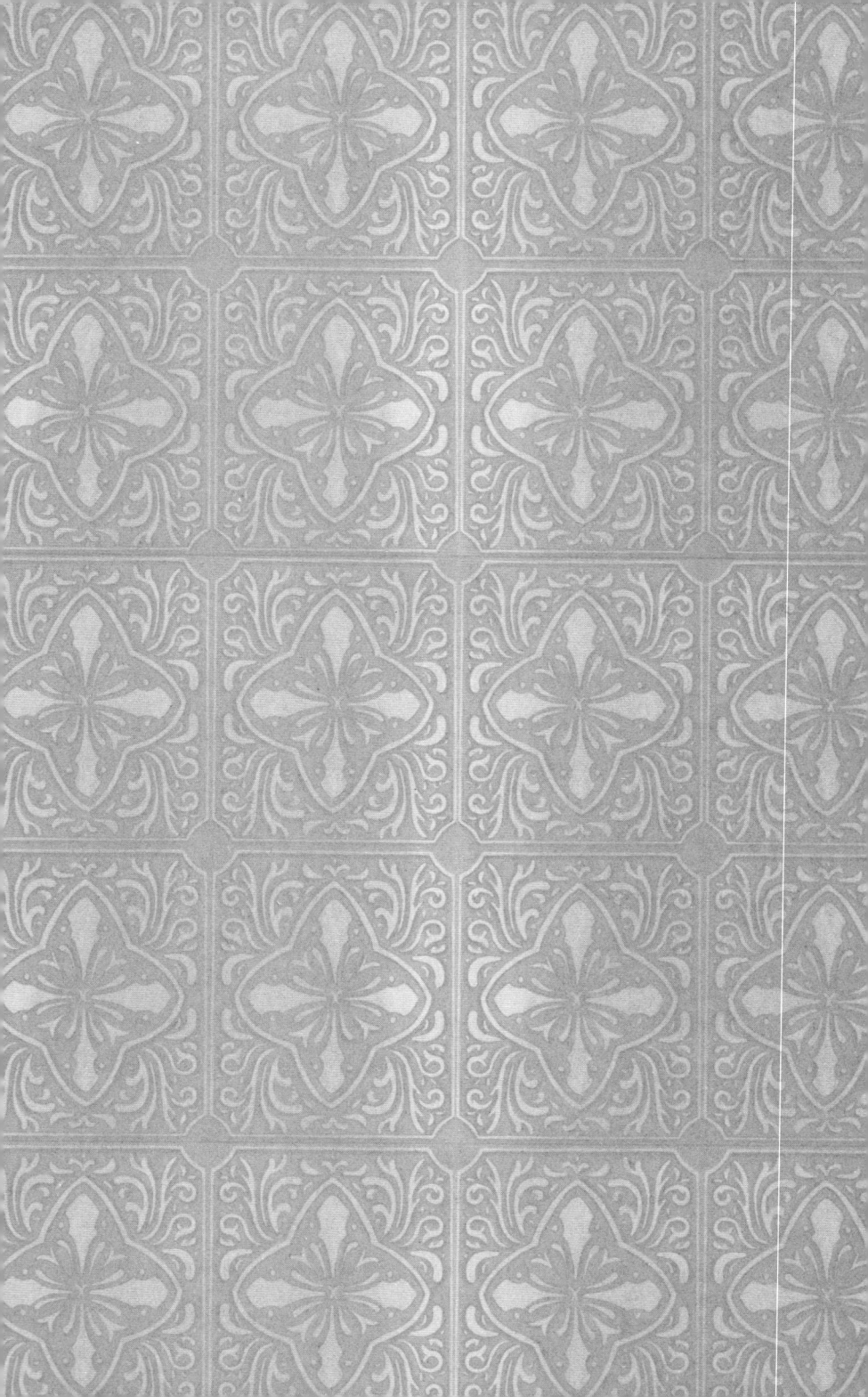

8

Mi hermano se abalanzó sobre mí y me obligó a agacharme. La bala rebotó contra el retablo y yo ahogué un grito. Sin pensarlo mucho, comenzamos a correr. Habíamos estado a pocos centímetros de la muerte y el corazón me golpeaba el pecho con fuerza.

—**¡Cogedlos!** —gritó Lambert.

J. J. y yo bajamos del altar a toda velocidad y, cuando los traficantes intentaron alcanzarnos, los esquivamos. Uno de ellos agarró la chaqueta de mi hermano, pero él se la quitó y consiguió escapar. El de las gafas sacó un cuchillo y me atacó. Cuando el filo me cortó el brazo, grité. Sin embargo, y aunque el dolor me cegó durante unos segundos, no me detuve.

Continuamos corriendo, y cuando oímos otro disparo me tembló todo el cuerpo. No teníamos escapatoria. Por primera vez en mi vida me sentía como Indiana Jones, solo que esto no era una película, sino la vida real. Y aquellos hombres querían matarnos.

—¡Manuela, por allí! —gritó J. J.

Frente a nosotros, junto a una de las pequeñas capillas de los pasillos laterales de la catedral, había una puerta abierta.

No sabíamos a dónde conducía, pero quizá era una salida.

Corrimos hacia allí. Los traficantes nos siguieron. Sin detenernos, le di un manotazo a un candelabro dorado, que cayó al suelo provocando un gran estruendo. Uno de los traficantes no tuvo tiempo de esquivarlo, se tropezó con él y se estrelló contra el suelo.

Llegamos sin aliento hasta la pequeña puerta abierta. Entre los dos la cerramos y, a pesar de quedarnos completamente a oscuras, conseguimos echar el enorme cerrojo metálico. Un segundo después, los traficantes la golpeaban desde fuera para intentar entrar.

—¡Estúpidos mocosos! —exclamó uno de ellos. Su voz nos llegaba amortiguada desde el otro lado de la madera—. ¡Abrid la maldita puerta!

—Déjalos, Óscar. Tenemos que conseguir el tesoro antes de que amanezca, las órdenes del jefe han sido claras. Si no llegamos a tiempo, no hay recompensa.

—Los encerraremos dentro —añadió el otro—. Cuando puedan salir, ya estaremos muy lejos.

J. J. y yo nos quedamos quietos en la oscuridad. Desde fuera nos llegaron ruidos y, unos segundos después, un par de golpes contra la puerta. Parecía que los traficantes habían arrastrado un pesado mueble para impedirnos abrir la puerta desde dentro.

—**¡Buena suerte cuando intentéis salir de ahí!** —se despidieron.

Cuando las voces de los traficantes no fueron más que un murmullo lejano, J. J. y yo sacamos los teléfonos y encendimos la linterna. Aunque volvíamos a respirar con normalidad, no bajamos la guardia.

—¿Estás bien? —me preguntó mi hermano mientras me iluminaba la herida del brazo.

Aunque sangraba, no era muy profunda. Sin embargo, me escocía. Me escocía más que aquella herida que me hice cuando me caí jugando al fútbol en clase de Educación física y me hice rasguños en las rodillas.

—Sí, no te preocupes —le respondí—. Puedo mover el brazo sin problemas.

—Pues menos mal, porque no podría llamar a un médico. Aquí no hay cobertura.

Rasgué un trozo de mi camiseta y se la di a J. J. Él lo cogió, pero me miró con la cara llena de dudas.

—Véndame la herida —le expliqué—. Con fuerza. Así dejará de sangrar.

Aunque mi hermano titubeó unos segundos, terminó haciéndolo. Cuando la tela me rozó la herida, **tuve que apretar los dientes para tragarme el dolor**.

—Ya está.

Con la venda en el brazo, me acerqué hasta la puerta y quité el cerrojo. Después intenté abrirla, pero no lo conseguí. La empujé con todas mis fuerzas, pero me fue imposible.

El mueble que los traficantes habían colocado detrás la bloqueaba.

Chasqueé la lengua con fastidio y observé a nuestro alrededor. Tal y como había imaginado, estábamos en una habitación sin salida. Frente a nosotros, unas escaleras bajaban a una especie de sótano. Sujeté el móvil con fuerza y, con las piernas aún temblando por la persecución, las bajé. No tardé en averiguar dónde estábamos.

—**Es una cripta** —susurré.

Tanto la pared de la derecha como la de la izquierda estaban llenas de tumbas. Estaban organizadas en tres pisos, y cada una de ellas tenía un nombre y una fecha grabados en el mármol. Desde donde estaba no alcanzaba a leer nada, pero supuse que se trataba de personas importantes. No enterraban a cualquiera en una catedral.

Suspiré, agotada, y me senté en las escaleras. J. J. se sentó a mi lado. ¿Cómo podía haber salido todo tan mal? No solo no habíamos conseguido el tesoro, sino que habíamos estado a punto de morir y ahora estábamos encerrados en una cripta llena de muertos.

—¿Y si nunca nos sacan de aquí? —me preguntó J. J.—. No sé si voy a poder aguantarte toda la eternidad.

—Lo único que te daría pena de quedarte aquí encerrado es que no podrías hacer tu estúpido directo. ¿Qué van a decir tus miles de seguidores si no vuelves a aparecer?

J. J. se encogió de hombros y después, mirándome, sonrió.

—Supongo que sobrevivirán.

Nos quedamos callados durante unos segundos, escuchando el silencio. Eran casi las diez de la noche, y en la catedral no había ningún ruido. En la cripta, por suerte, tampoco.

—¿Has oído lo que han dicho los traficantes? —le pregunté a J. J. A pesar de la horrible situación en la que nos encontrábamos, yo seguía pensando en el tesoro—. Han hablado de un «jefe». Alguien les ha ordenado encontrar el tesoro.

—¿Y quién podría ser?

Como no tenía ninguna respuesta, no dije nada. No tenía ni idea de quién podía conocer la existencia del tesoro del último sultán, además de la familia de Amira. No tenía ni idea de nada. Por más que intentaba mantenerme positiva, en aquel momento me di cuenta de hasta qué punto habíamos metido la pata. Yo no era como mis padres, y desde luego no era como Indiana Jones. Yo solo era una chica de trece años que quería vivir aventuras, pero que no estaba preparada para ellas.

Me abracé las piernas, pensativa, y por primera vez en toda la noche quise regresar a casa. ¿Qué estaría

hacienco Nefertiti en la habitación del hotel? Seguro que estaba en la gloria con toda la habitación para ella. Si fuera humana, estaba segura de que se habría preparado un baño con burbujas y estaría deseando que no volviéramos hasta la madrugada. Bueno, eso último lo estaría deseando aunque fuera una gata.

—J. J. —musité, quitándome el sombrero de mi padre—. Creo que aquí se acaba nuestra aventura. Los traficantes tienen razón: cuando podamos salir de aquí, ellos ya estarán muy lejos. **Hemos fracasado.** No tengo ni idea de dónde puede estar el tesoro.

—¿Por qué suena eso a que te estás rindiendo? ¡Manuela Jones no puede rendirse! Mientras los Jones existan, siempre habrá alguien que defienda el patrimonio histórico. Lo recuerdas, ¿verdad?

Sonreí, aunque algo triste, y mi hermano me devolvió el gesto. A pesar de que la mayoría del tiempo quería matarle, en ese momento agradecí que intentara animarme. Yo le había metido en aquel lío, yo le había puesto en peligro, y aun así no parecía guardarme rencor. Al contrario.

—Gracias por acompañarme —le dije—. Y gracias también por salvarme del disparo. Eres un champiñón muy feo, pero eres «mi» champiñón feo. Creo que, a pesar de todo, te tengo algo de aprecio.

Mi hermano se ruborizó y apartó la mirada. No solemos decirnos ese tipo de cosas, pero el haber estado tan cerca de la muerte nos había ablandado. Casi sentía ganas de darle un abrazo. Casi.

—Yo también te tengo algo de aprecio, caracastor —me respondió—. Eres la persona más pesada que hay sobre la faz de la tierra, pero también eres lista y valiente. Serías una excelente arqueóloga aventurera.

—Tú también.

—Yo prefiero los ordenadores. Al menos en los videojuegos mi vida no corre peligro de verdad.

Volvimos a quedarnos en silencio, probablemente porque ambos pensamos de golpe en nuestros padres, en lo que dirían cuando descubrieran que nos habíamos escapado del hotel para enfrentarnos a unos peligrosos traficantes. Desde luego, no les iba a hacer mucha gracia. Íbamos a estar castigados hasta que cumpliéramos los dieciocho; quizá incluso durante más tiempo.

Saqué el teléfono, esperando poder hablar con Claudia, pero yo tampoco tenía cobertura. El último mensaje que me había enviado hizo que se me formara **un nudo en la garganta**.

> Por favor, Manuela, dime algo para saber que estáis vivos 🙏

J. J., que había leído el mensaje de reojo, apretó mucho los labios. ¿Por qué le daba tanta rabia la simple existencia de mi amiga? En cualquier otra ocasión le habría ignorado, pero estábamos encerrados en una cripta y no teníamos nada más que hacer, así que decidí aprovechar el momento. Tarde o temprano, debíamos tener esa conversación.

—Oye, ¿se puede saber por qué te llevas tan mal con Claudia? ¡Que yo sepa no te ha hecho nada, al contrario! Siempre ha sido simpática contigo.

Si hacía unos minutos las mejillas de J. J. se habían puesto rojas, esta vez se convirtieron en dos enormes tomates. Parecía que tenía la cara a punto de arder en llamas y la vergüenza se le extendió hasta las orejas. Cuando giró la cabeza, incapaz de mantenerme la mirada, yo fruncí el ceño.

—**Me cae mal**, eso es todo —murmuró.

Abrí la boca para decirle que eso era muy injusto, que ni siquiera la conocía, pero me lo guardé. ¿Cómo no me había dado cuenta antes de lo que estaba ocurriendo? La cara de mi hermano se parecía mucho a la que yo ponía cuando Hugo me pedía los deberes de Inglés, la misma que cuando alguien mencionaba su nombre en mitad de una conversación. Y entonces, de golpe, lo comprendí.

—Te gusta —le dije—. **¡Claudia te gusta!**

9

—¡No es verdad! —se defendió él.

Me llevé las manos a la boca, sorprendida, y J. J. se encogió sobre sí mismo. ¡A mi hermano le gustaba Claudia! Desde luego, y, a pesar de que siempre había pensado que a J. J. no le gustaba la gente de carne y hueso, podía entenderlo. Claudia era guapa, simpática, amable y divertida. Por algo era mi mejor amiga.

—¿Desde cuándo te gusta? —le pregunté.

—Te he dicho que no...

—Venga, J. J., no se lo voy a contar. Y estoy convencida de que los muertos de la cripta tampoco van a decirle nada.

Mi hermano comenzó a frotarse las manos, nervioso, pero no dijo nada. Durante unos largos segundos, estuve segura de que no me iba a responder. Sin embargo, cuando ya casi había perdido la esperanza, murmuró:

—Desde siempre, ¿vale? Me gusta desde el primer día en que la llevaste a casa.

—¡Pero eso es mucho tiempo! ¿Por qué no se lo dices?

—¡¿Estás loca?! —exclamó alzando la voz—. Está claro que yo no le gusto a ella y, la verdad, no quiero quedar en ridículo. Es mejor que piense que la odio.

—¿Y por qué tienes tan claro que no le gustas?

—Por favor, Manuela, ¿tú la has visto? Siempre se está riendo, tiene muchísimos amigos y saca las mejores notas de la clase. ¡Hace una letra preciosa **y hasta los puntos de sus íes son corazones**! Si yo no fuera tu hermano, ni siquiera sabría que existo.

Quise llevarle la contraria, insistir en que se lo dijera, pero terminé guardándomelo para mí misma. Que yo supiera, a Claudia no le gustaba mi hermano. A excepción de Du Min Kyu, a Claudia no le gustaba nadie. Lo único que parecía importarle era el k-pop, el baile y sus dos perros, Tango y Salsa. Siempre me escuchaba durante horas hablando sobre Hugo y sus cortes de pelo, pero ella nunca contaba nada sobre su vida amorosa. En todos los años que llevábamos siendo amigas, nunca le había gustado nadie que no fuera un cantante coreano guapísimo.

—Podemos hacer algo —le dije—. **Si Manuela Jones no se puede rendir, Jaime Jones tampoco.**

—Por favor, no vuelvas a decir mi nombre completo.

Nos reímos, y en aquel momento me di cuenta de que hacía mucho tiempo que no nos lo pasábamos bien juntos. Nos queríamos, no había ninguna duda de eso, pero ya no pasábamos tanto tiempo el uno con el otro. Ya no jugábamos a los piratas hasta la madrugada, no veíamos nuestras películas favoritas juntos y por supuesto ya no nos contábamos secretos. Por eso, sentir que de alguna forma volvíamos a estar unidos hizo que, a pesar de todo, esa noche fuera especial.

—Creo que, cuando papá descubra lo que hemos hecho, cancelará la visita a la Alhambra que nos tenía preparada —comentó J. J.—. Si dejamos de lado el hecho de que quería estar allí a las ocho y media de la mañana, la verdad es que me apetecía verla.

—A mí también.

Si había algo por lo que aquel repentino viaje a Granada nos apetecía era por ver la Alhambra. Llevaba mucho tiempo queriendo visitar el Patio de los Leones. Aunque no quisiera reconocerlo, incluso tenía ganas de ver ese techo con estrellas del que había hablado mi padre.

Me puse en pie de un salto, y J. J. se sobresaltó. ¡El techo con estrellas!

—Una tumba de reyes —musité—. Un pedazo de cielo.

—Manuela, ¿qué estás diciendo?

Los latidos de mi corazón se habían acelerado tanto que hasta me hacían daño en el pecho. Volví a ponerme el sombrero de mi padre y, de alguna forma, sentí que mis esperanzas se renovaban. Mi hermano tenía razón, ¡no podía rendirme!

—J. J., ¿cómo hemos podido ser tan tontos? —le dije—. **¡Ya sé dónde está el tesoro!**

Justo en ese momento oímos un ruido al otro lado de la puerta. Los dos nos pusimos alerta, con los músculos tensos. Primero fueron pasos; luego, una voz; después, alguien arrastrando el mueble que nos mantenía encerrados.

Cuando la puerta se abrió, contuvimos el aliento.

El cura que habíamos visto salir de la catedral antes de colarnos nos miró con el ceño fruncido. Debía de tener unos sesenta años, y sus ojos rodeados de arrugas se movieron con sorpresa de mi hermano a mí.

—¿Qué narices estáis haciendo aquí?

En tan solo unos segundos pensé cientos de excusas. Podríamos haberle dicho que nos habíamos quedado atrapados, que unos amigos nos habían gastado una broma y nos habían encerrado allí, que no hablábamos español y estábamos perdidos... Al final, sin embargo, mi cuerpo reaccionó solo:

—¡J. J., corre!

Mi hermano y yo comenzamos a correr y salimos de la cripta. El cura intentó atraparnos mientras nos gritaba que éramos unos delincuentes, pero fuimos más rápidos que él. Sus gritos rebotaron contra los altos techos de la catedral, amplificándose, pero no le hicimos caso.

—¿A dónde vamos? —me preguntó J. J. cuando salimos de la catedral y el aire de la noche nos golpeó en la cara.

—**Sígueme.**

Mientras atravesábamos las calles de Granada a toda velocidad, me saqué el teléfono del bolsillo. Como no podía pararme a escribir, le envié un audio a Claudia:

—Claudia, estamos vivos —le dije. Me ahorré comentarle que habíamos estado a punto de morir—. Necesito que busques en Google una forma de entrar en la

Alhambra. Un muro que podamos escalar, una puerta secreta..., lo que sea. Estábamos equivocados, el tesoro no está en la catedral, ¡está en la Alhambra!

La respuesta de Claudia no tardó en llegar, pero no me cetuve a leerla hasta que llegamos a un mirador abarrotado de gente en el que, agotados, nos detuvimos. Llevábamos casi quince minutos corriendo a toda velocidad y habíamos dejado la catedral muy lejos. La Alhambra estaba ante nosotros, iluminada en mitad de la noche, alzándose como reina y sultana sobre Granada. Me dejé caer en su embrujo durante unos instantes y después leí el mensaje de Claudia.

> Hay unos túneles secretos que llevan hasta la Alhambra. Están repartidos por toda la ciudad. Dónde estáis ahora?

Le mandé nuestra ubicación. Según Google Maps, estábamos en el mirador de San Nicolás. Por eso había tanta gente. Los turistas se turnaban para hacerse fotos con la Alhambra iluminada de fondo, y sus voces inundaban el ambiente. Perfecto. Si nos encontrábamos con los traficantes, podríamos escondernos entre la gente.

—¿Cómo lo has averiguado? —me preguntó J. J. Las gotas de sudor le caían por la frente y le mojaban el pelo. Aun así, no parecía tener la intención de **quitarse el estúpido gorro de lana**—. Que el tesoro está en la Alhambra.

—Porque de repente me di cuenta de que no tenía sentido que estuviera en la catedral cuando Boabdil abandonó Granada mucho antes de que esta se construyera. Lo estudiamos en Sociales el año pasado.

—¿En serio?

—Sí, y, si hubiéramos atendido, no habrían estado a punto de matarnos.

J. J. abrió la boca, pero enseguida volvió a cerrarla. Sabía que tenía razón.

—Además —continué—, la Alhambra es el verdadero corazón de la ciudad. ¿En qué piensas cuando alguien habla de Granada?

—En la Alhambra, claro.

—Exacto. El lugar en el que musulmanes y cristianos dejaron su memoria.

—Tiene sentido.

—Además, lo del sueño en la roca tallado puede referirse a los adornos de yeso de las paredes, y el pedazo de cielo al techo con estrellas que hay en el Salón de Comares, ese del que nos ha hablado papá.

—¿Y lo de la tumba de reyes?

—Sospecho que es una metáfora —reflexioné—. No se refiere a una tumba literal, sino a que la Alhambra fue el lugar en el que murió la dinastía nazarí, porque los Reyes Católicos echaron a Boabdil, su último sultán. **¡Todo encaja, champiñón!**

Mi teléfono vibró y me apresuré a leer el mensaje de Claudia. Los traficantes debían de encontrarse ya en la Alhambra, quizá muy cerca del tesoro, pero no pensaba rendirme. Ahora que había averiguado dónde estaba en realidad, lucharía hasta el final por encontrarlo.

> Hay un hotel muy cerca del mirador, el hotel El Rey Chico. Dentro hay unos baños árabes solo para los clientes. Según internet, hay un túnel secreto que conecta con la Alhambra. Antiguamente lo usaban los sultanes, pero hoy ya no se usa.

> Graciaaas!! Luego te cuento!!

> Espera, no iréis a colaros en el hotel, verdad???

—Ay, Claudia —susurré—. Si supieras que también nos hemos colado en la catedral…

Guardé el teléfono antes de que a mi mejor amiga le diera un infarto y le indiqué a mi hermano que me siguiera. A pesar de mi pequeña recaída, J. J. tenía razón: Manuela Jones no podía rendirse. Lo más difícil de aquella aventura, sin embargo, aún estaba por llegar.

10

Entramos en el hotel con naturalidad, como si fuéramos huéspedes y no estuviéramos haciendo nada malo. Para que todo fuera más creíble, incluso saludé al chico de la recepción (J. J. se quiso morir de vergüenza). Después, cuando ya estábamos dentro, seguimos las indicaciones que nos llevaron hasta los baños árabes.

—Cierran a las siete de la tarde —me dijo mi hermano leyendo el cartel que había a la entrada—. Son más de las once.

—¿Y qué?

Empujé la puerta y la abrí sin ningún esfuerzo. Cuando me colé en los baños, J. J. suspiró y me siguió.

Tal y como imaginábamos, en aquellos baños no había nadie. A pesar de que eran antiguos, los dueños del hotel los habían modernizado para que parecieran un spa. Dejamos atrás la recepción y los vestuarios hasta llegar a una sala en la que había una enorme piscina. La luz era muy tenue, lo que le daba al espacio un aire cálido y tranquilo, como si estuviera iluminado con antorchas. Seis columnas salían del agua y, formando unos bonitos arcos, sostenían un techo abovedado. En él se abrían una especie de ventanas en forma de estrellas de ocho puntas que me hicieron contener el aliento. Aquel era el **camino correcto**. De alguna forma, lo sabía.

—¡Qué calor hace aquí! —exclamó J. J. Por supuesto, y a pesar de que la humedad era asfixiante, no se quitó el gorro de lana—. Es insoportable.

Le pedí que se callara y observé la sala que nos rodeaba. Frente a nosotros, justo al final de la piscina, había una ventana. Estaba cubierta con una celosía de madera, y al otro lado no parecía haber nada. Las paredes, siguiendo el estilo andalusí, estaban cubiertas de azulejos. No tardé en localizar una puerta, justo a nuestra derecha. Aunque tenía un cartel que indicaba que el acceso quedaba restringido al personal del hotel, caminamos hacia ella.

Para nuestra sorpresa, también estaba abierta. Entramos en la sala sin hacer ruido. Dentro nos recibió un pequeño almacén lleno de estanterías con toallas blancas, chanclas y gorros para los visitantes. La ventana con la celosía dejaba entrar la luz que iluminaba la sala de la piscina.

—Mira eso —me susurró J. J.

En una esquina, olvidada por el tiempo, había una trampilla de madera. Casi no se veía porque la tapaba una de las estanterías, pero no había ninguna duda de que esa era la entrada al túnel.

Entre mi hermano y yo movimos la estantería, intentando no hacer ruido, y liberamos la trampilla. Después tragué saliva y, sin dudarlo un solo segundo, me agaché para inspeccionarla.

—Necesitamos un código —musité—. No podemos abrirla si no lo tenemos.

—**¿Un código?**

Asentí y se lo mostré a mi hermano. A pesar de que era un sistema antiguo, medieval, la trampilla se abría con un código numérico. Tenía una especie de candado metálico en el que había que girar cuatro pequeñas flechas para poder abrirlo. Además, para complicarlo

todo aún más, los números ni siquiera eran los que utilizamos nosotros hoy en día, sino números árabes.

Puse un código al azar, pero, por supuesto, la trampilla no se abrió. Teníamos que averiguar la clave correcta, y teníamos que hacerlo cuanto antes.

—¿Cómo vamos a abrirla? —me preguntó J. J.

Abrí la boca para decirle que no tenía ni idea cuando mi teléfono empezó a vibrar. Alguien me estaba llamando. **¿Y si eran nuestros padres?** Lo saqué, asustada, pero, una vez más, era Claudia. Me estaba haciendo una videollamada.

—Manuela, dime que no os habéis colado en el hotel.

La cara de Claudia había aparecido en la pantalla. Llevaba puesto un pijama rosa con corazones y el pelo suelto le caía sobre los hombros. Estaba metida en la cama, y en sus ojos azules había una mezcla de admiración, asombro y preocupación. Al verla, J. J. se apresuró a colocarse el pelo dentro del gorro.

—Sí, nos hemos colado y necesitamos tu ayuda —le dije.

—¿Mi ayuda? ¿Qué ocurre?

Enfoqué a mi hermano con el teléfono y él se quedó callado, rojo como un tomate. Desde detrás de la cámara le animé a hablar, obligándole a que, por primera vez en su vida, fuera simpático con la chica que le gustaba. ¡Se lo estaba poniendo en bandeja!

—Esto..., hay una trampilla y necesitamos un código...

—¿Un código? **¿En una trampilla medieval?** Debe de ser una de las cerraduras de combinación que inventó Muhammad al-Asturlabi. ¡Qué guay!

—Eh..., sí —le respondió J. J., que por supuesto no tenía ni idea de a qué se refería Claudia.

—¿Cuántos números tiene el código?

—Cuatro, pero... son números árabes.

—No hay ningún problema, puedo buscar la correspondencia en un momento en internet. En realidad, los números árabes son los mismos que utilizamos nosotros, que son persas, pero se representan de una forma distinta. Parece mentira, pero los más complicados son los números romanos.

Claudia comenzó a teclear en su teléfono mientras J. J., que aún tenía las mejillas ardiendo, parecía incapaz de mantener la vista fija en la pantalla. Coloqué el mío en el suelo, de tal forma que Claudia pudiera vernos a los dos, y esperé.

—Vale, ¿tenéis alguna idea de qué código podría abrir la trampilla? ¿Algo que os suene haber visto escrito en el libro de Amira, por ejemplo?

Mi hermano y yo nos miramos y después negamos con la cabeza. Si habíamos visto algún código escrito en algún sitio, lo habíamos pasado por alto.

—Cuatro cifras... Con cuatro cifras podría tratarse de... de un año —balbuceó J. J.

—Justo había pensado eso —le respondió Claudia, esbozando una sonrisa.

Mi hermano le devolvió el gesto, pero volvió a ponerse serio; era la armadura que se ponía cuando Claudia estaba cerca. Ella no pareció darse cuenta.

—El único año que aparece en el acertijo son las mil primaveras que tiene el monumento que esconde el tesoro —añadí—. **La Alhambra.**

—Pero la Alhambra no tiene mil años —dijo Claudia. La escuchamos teclear de nuevo y luego volvió a hablar—. Según Google, no llega a ochocientos.

Los tres guardamos silencio, pensativos.

Estaba claro que la Alhambra era el lugar en el que se escondía el tesoro, pero quizá el acertijo nos estaba dando más pistas. Quizá, entre las palabras del abuelo de Amira no solo estaba el lugar en el que Boabdil había escondido su tesoro, sino las claves para llegar hasta él.

—La catedral es aún más moderna —musitó Claudia, que seguía tecleando—. Se construyó mucho tiempo después que la Alhambra, claro. Tiene que ser un monumento anterior.

Giré la cabeza hacia mi hermano, dedicándole una mirada que decía: «¿Ves como ella sí atiende en clase de Historia?», y él puso los ojos en blanco. Después, sacó su móvil y comenzó a buscar en internet, ayudando así a Claudia. Yo me puse a probar combinaciones en el candado de la trampilla. Era imposible que lo averiguara así, al azar, pero al menos **tenía que intentarlo**. Además, necesitaba tener las manos ocupadas.

—¡Lo tengo! —gritaron los dos a la vez, haciendo que me sobresaltara.

Claudia le sonrió con entusiasmo, y mi hermano volvió a ponerse rojo, arrepentido de haberlo dicho en voz alta. Yo los miré a ambos, expectante.

—He buscado los monumentos más representativos de Granada —me explicó J. J.—, y de ahí los años y...

—¿Y qué? —le interrumpí—. ¿Qué has encontrado?

—La puerta de Elvira —me dijo—. Tiene mil años.

—Se construyó en el reinado de Habus ibn Maksan —añadió Claudia—, entre el año 1019 y el 1038. **¡Justo hace mil años!**

—Según Google era la principal entrada a Granada en la época zirí, y siguió así hasta la época nazarí.

La puerta de Elvira. ¡Claro, la puerta de Elvira! Ese era el monumento que guardaba mil primaveras, el que nos daría entrada a la Alhambra. Pero ¿cómo íbamos a averiguar el código?

—¿Cómo sería 1019 escrito en números árabes? —le pregunté a Claudia.

Mi amiga escribió algo en su teléfono y, a los pocos segundos, me envió una captura de pantalla. Era una tabla de correspondencias entre los números persas y los números árabes. Algunas cifras, como el uno y el nueve, se parecían a las que usábamos nosotros; otras, como el ocho, no tenían nada que ver.

Cogí aire y, con decisión, moví las flechas de la cerradura hasta colocarlas en los números correspondientes. Claudia y J. J. contuvieron el aliento. Sin embargo, **la trampilla no se abrió**.

Fruncí el ceño y moví las flechas hasta que el código marcó el 1020. Y el 1021. Y el 1022. Teníamos una horquilla de fechas entre las que sabíamos que se había construido la puerta de Elvira, y pensaba probarlas todas.

Cuando las fechas marcaron el 1038, la trampilla hizo un suave clic y se abrió. Lo habíamos conseguido. ¡Lo habíamos conseguido!

—¡Bien! —gritó Claudia desde el otro lado de la pantalla.

—Uf, menos mal —suspiró J. J., incapaz de dejar de sonreír.

—Vamos —dije yo abriendo la trampilla por completo—. No nos entretengamos más. La Alhambra nos está esperando.

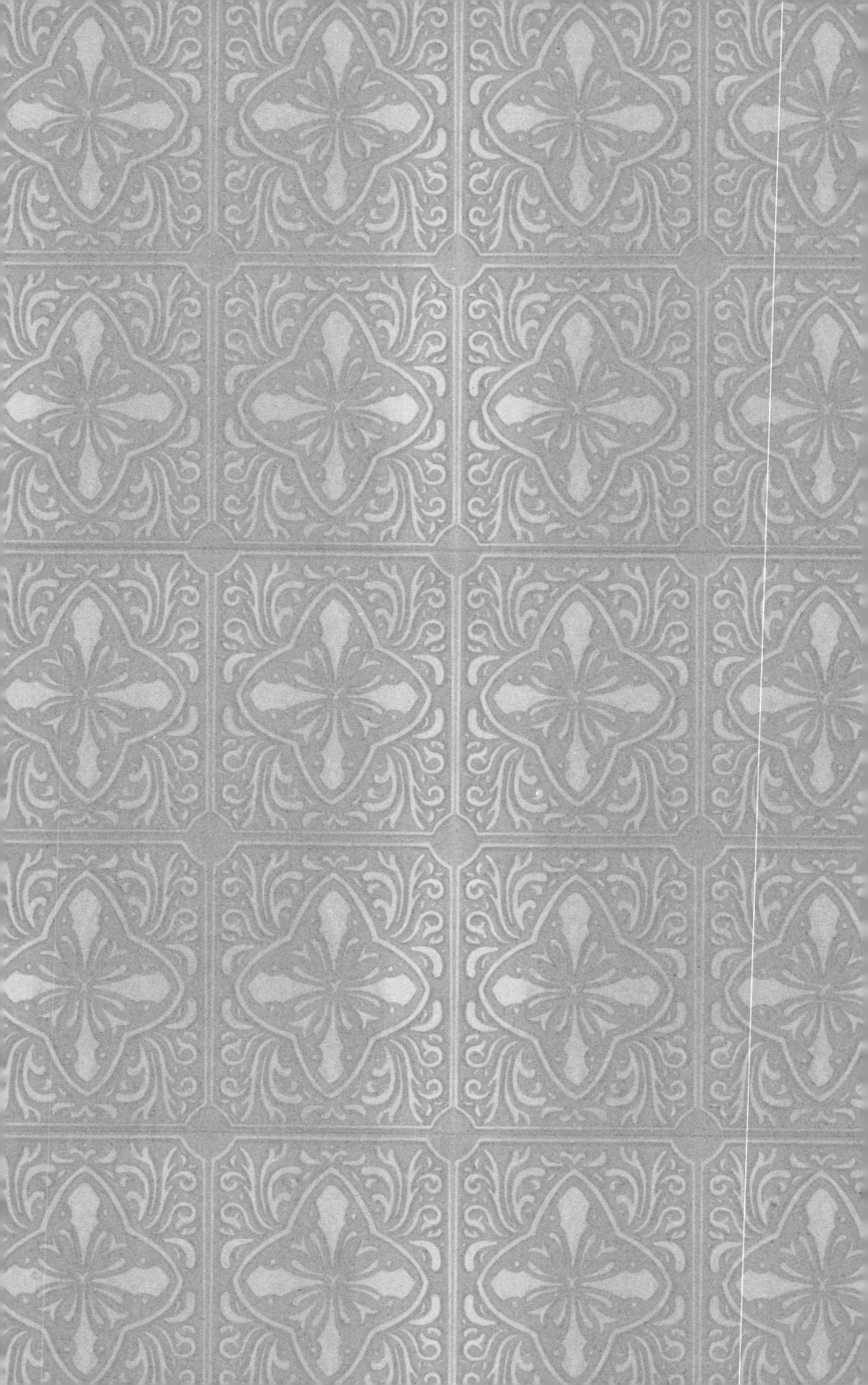

11

Cuando entramos en el túnel, perdimos la conexión con Claudia. La cobertura de nuestros teléfonos falló y mi mejor amiga desapareció de la pantalla. Solo podíamos pensar en no quedarnos atrapados allí abajo, porque no tendríamos forma de avisar a nadie.

Encendimos las linternas de los teléfonos y avanzamos en silencio. El túnel estaba lleno de telarañas. Intenté no mirar los insectos que correteaban por las paredes. Vale, sabía que tenía que ser valiente y que unos simples insectos no podían asustarme, pero Indiana Jones tenía fobia a las serpientes y eso no le había detenido en ninguna de sus aventuras. Si él podía asustarse, yo también.

Cuando llegamos al final del túnel, J. J. y yo nos miramos. Había unas escaleras que llevaban hasta una trampilla en el techo. Esta no necesitaba ningún código.

Ambos estábamos muy nerviosos. En mí se notaba porque me temblaban las piernas; en él, porque no había abierto la boca ni una vez. Ni para meterse conmigo.

—**Iré yo primero** —le dije.

—No, iré yo. Hay que abrir la trampilla, y con el esfuerzo puede volver a dolerte la herida del brazo.

Mi hermano sujetó su móvil para iluminar el camino y subió las escaleras. Tuvo que hacer mucha fuerza para abrir la trampilla, pero consiguió que cediera. Cerró los ojos un segundo, protegiéndose de la tierra y el polvo que le cayó encima, y después, levantando la madera, observó lo que había al otro lado y dijo:

—Es un jardín. Está oscuro, pero hay árboles.

—Así que estamos dentro de la Alhambra.

J. J. salió del túnel y después me ayudó a mí a hacer lo mismo. Aunque no se veía nada, la brisa de la noche me agitó el pelo y al instante me sentí mejor, liberada. Al menos no nos íbamos a quedar encerrados en el túnel de las arañas para siempre.

—Vamos por aquí —le dije.

Al ser de noche, el recinto de la Alhambra estaba tranquilo y a oscuras. No teníamos ni idea de dónde podía estar el tesoro, así que el más mínimo sonido, el más mínimo movimiento, **podía ser una pista**.

Dejamos atrás unos bonitos jardines y llegamos hasta un inmenso edificio. A pesar de ser elegante, contrastaba con el resto del palacio como si lo hubieran construido muchos años después. Tenía unos muros altos, con gruesos bloques de piedra, y no tenía nada de la característica decoración nazarí de la Alhambra.

—El palacio de Carlos V —le dije a mi hermano—. Recuerdo haber leído sobre este edificio. El rey Carlos V, que en realidad era Carlos I de España y V de Alemania, nieto de los Reyes Católicos, lo construyó aquí porque tanto él como su esposa querían vivir en la Alhambra. Por eso el estilo es distinto, porque es de otra época.

Justo en ese momento escuchamos un ruido. Provenía del interior del palacio. Ambos nos miramos, algo asustados, y caminamos hasta la entrada.

—MUSEO DE LA ALHAMBRA —leí, fijándome en los carteles—. El museo está aquí, dentro del palacio de Carlos V.

—Manuela, mira eso.

Tras las enormes puertas de cristal que daban acceso al museo, había dos hombres sentados en el suelo. Estaban inconscientes y maniatados. No tardamos en darnos cuenta de que eran los guardas de seguridad del museo.

Nos acercamos hasta ellos e intentamos reanimarlos, pero no reaccionaron. Respiraban, pero los traficantes se habían asegurado de que no se despertarían en un buen rato.

—Están dentro del museo —le dije a J. J.—. Los traficantes. El tesoro debe de estar aquí. Tenemos que entrar.

—¿Y qué pretendes hacer? Manuela, ya hemos caído en la trampa de esos hombres una vez. Si volvemos a hacerlo, puede que no tengamos tanta suerte.

—Esta vez vamos a ser nosotros los que les tendamos una trampa a ellos —le aseguré—. Esto no es una catedral, J. J., es un museo. ¿Quién conoce mejor los museos que nosotros? **¡Si nos hemos criado en uno!**

Mi hermano arrugó la nariz, pero no dijo nada. No estaba de acuerdo conmigo, pero tampoco tenía intención de echarse atrás. A pesar del miedo, habíamos llegado muy lejos como para rendirnos.

—La cámara acorazada —le expliqué a J. J.—. Casi todos los museos tienen una. Sabemos cómo funciona la del Museo Arqueológico, y esta no puede ser muy diferente. Si conseguimos llevarlos hasta allí, podríamos quitarles la llave de la Alhambra y encerrarlos.

—¿Y cómo pretendes **abrir la puerta de la cámara**? En el Museo Arqueológico tenemos las identificaciones de papá y mamá, pero aquí...

Me agaché junto a los vigilantes de seguridad y les quité las tarjetas que llevaban colgadas en el cuello.

—Lo siento —les susurré—. Os las devolveremos.

Las tarjetas de identificación, en esencia, eran iguales a las del Museo Arqueológico. Con ellas podríamos abrir todas las puertas del museo, incluyendo la de la cámara acorazada.

No sabía qué llaves tendrían los traficantes (y tampoco qué armas, aunque eso prefería no pensarlo), pero si no les habían robado las identificaciones a los guardas era porque no las necesitaban. Sabían dónde estaba el tesoro y sabían cómo llegar hasta él.

—Toma, J. J. —le dije mientras le daba una tarjeta.

—Genial, me llamo Francisco López —dijo leyendo la identificación tras colgársela al cuello—. Y soy guarda de seguridad en el Patronato de la Alhambra.

—Menos mal que no, nadie te tomaría en serio. ¿Qué clase de guarda llevaría un gorro de champiñón?

—¡Ja! —Cogió mi tarjeta y la leyó—. Tú eres Arturo Valdeiglesias, el guarda de los dientes de castor.

—Ya no tengo dientes de castor —me defendí.

—Ya, claro.

Bufé con rabia y entré en el museo. No podíamos perder más tiempo. J. J., sin dejar de sonreír, me siguió.

Allí nos recibió el silencio. Las únicas luces eran las de emergencia, y decidimos que bastaría. No podíamos arriesgarnos con las de los móviles porque seríamos un blanco fácil. Teníamos que ser silenciosos.

Atravesamos salas de techos altos que exhibían jarrones y tinajas, salas donde las vitrinas nos asustaron con nuestro reflejo. Aunque no se oía nada, yo podía sentir la historia allí dentro, las palabras antiguas que susurraban las piezas expuestas. Mis padres habían dedicado su vida a protegerlas, y yo haría lo mismo; estaba allí para eso.

Entramos en una sala que, además de varios capiteles, exponía dos grandes leones de piedra sentados. Ambos tenían un pequeño tubo de bronce entre los dientes: el surtidor de una fuente.

Al otro lado había una puerta. Avancé sin hacer ruido y, entonces, lo oímos: el cargador de un arma.

—**Os pillamos** —dijo un hombre con acento francés.

Y J. J. y yo supimos que no teníamos escapatoria.

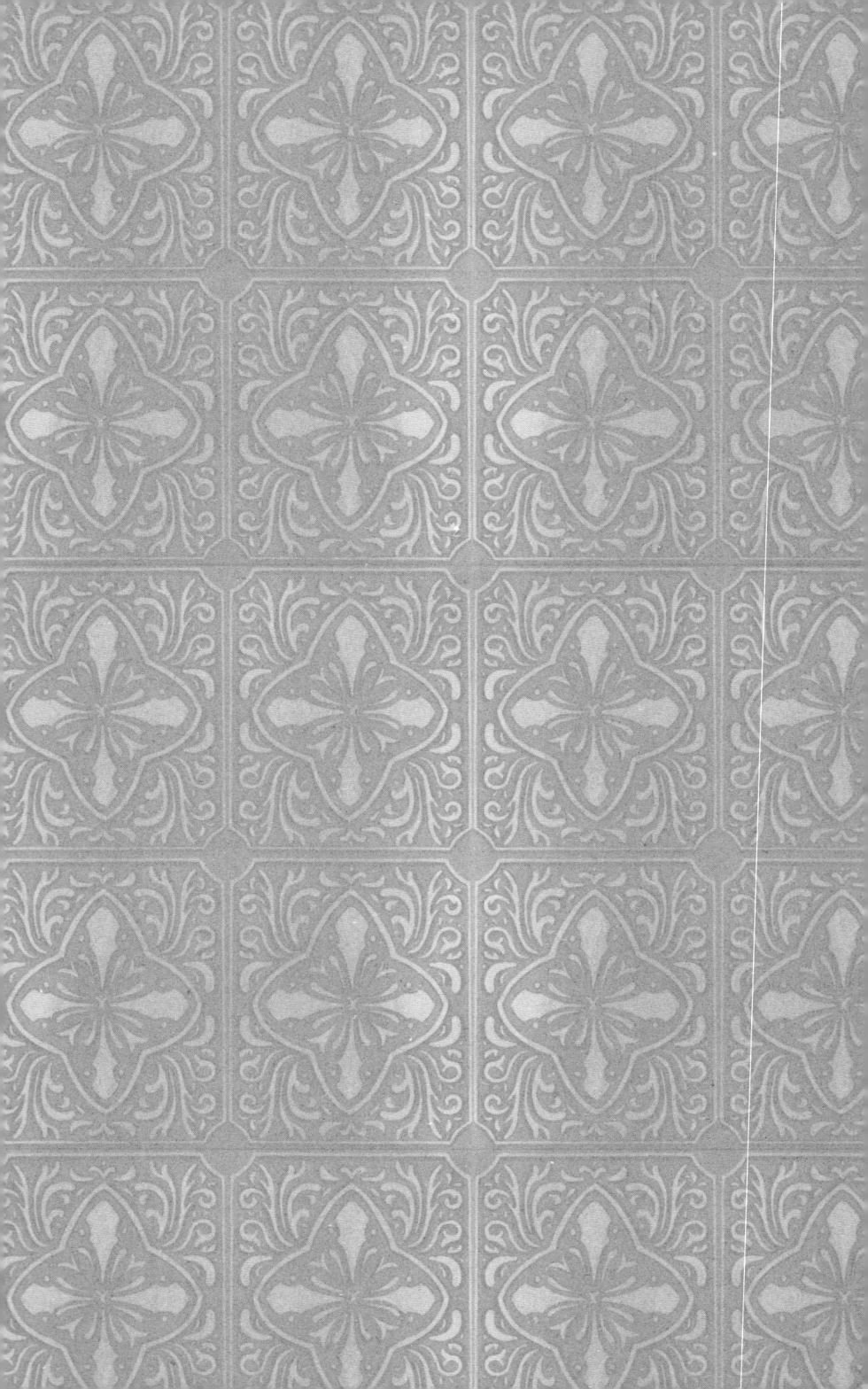

12

El corazón, que hasta ese momento me había latido con fuerza dentro del pecho, se me detuvo de golpe. Los tres traficantes surgieron de la oscuridad, como si hubieran estado esperándonos entre las sombras, y nos apuntaron con sus pistolas.

Esta vez, sin embargo, no iba a ser tan fácil salir corriendo. Nuestros enemigos estaban alerta y yo tenía la sospecha de que, si nos movíamos, dispararían sin remordimientos.

—Sois iguales que vuestros padres —nos dijo Lambert—. Siempre metiendo las narices donde no os llaman.

—¿Cuánto crees que nos pagarían los Jones por recuperar a sus dos hijos? —le preguntó el de las gafas—. Estoy seguro de que mucho mucho dinero.

—Quizá incluso nos regalaran una de esas valiosas piezas que esconden en el museo —añadió el tercero mientras se relamía con anticipación.

Lambert, sin embargo, negó con la cabeza.

—Aunque la idea de hacer sufrir a los Jones me resulta tentadora —dijo—, hoy tenemos un trabajo que hacer. El jefe ha prometido pagarnos bien por ese tesoro, y esta misma noche se lo llevaremos.

Los tres traficantes se quedaron callados observándonos, y yo apreté los puños con fuerza. Cuando Lambert volvió a hablar, sin embargo, sus palabras me sorprendieron, pues fue lo último que esperaba oír.

—¿Dónde está **el tesoro del último sultán**? —nos preguntó—. El viejo Cherkaoui no dejó indicaciones de dónde lo escondió, y acabaremos mucho más rápido si nos lo decís vosotros.

—Si les dejó la llave a vuestros padres, también les daría la ubicación del tesoro —añadió el de las gafas—. Por eso estáis aquí, ¿no? Para encontrarlo. Lo que no esperabais es que nosotros también lo estuviéramos buscando.

Tuve que hacer un enorme esfuerzo por disimular la sorpresa. Los traficantes, tal y como Youssef Cherkaoui había querido, no tenían ni idea de dónde se escondía el tesoro. Y pensaban que nosotros sí lo sabíamos. Enseguida se me ocurrió un plan que, aunque era peligrosa, podría sacarnos de allí.

—¿Y por qué creéis que íbamos a decíroslo? —le respondió J. J.—. Ese tesoro no os pertenece.

—Malditos mocosos —gruñó Lambert, marcando más que nunca su acento francés—. Esto no es ningún juego. Decidnos ahora mismo dónde está o me encargaré personalmente de que...

—Está bien —le interrumpí, colocándome delante de mi hermano—. Sí, sabemos dónde está el tesoro. Si no nos hacéis daño, os llevaremos hasta él.

Los traficantes nos miraron, y yo me pregunté si sospecharían que los estaba enredando. Si era así, no dieron muestras de ello. Con un movimiento de la pistola, Adrien Lambert nos indicó que comenzáramos a andar. Y tanto J. J. como yo lo hicimos.

—Más os vale no salir corriendo esta vez.

Estaba nerviosa, mucho, más de lo que lo había estado en toda mi vida. Estábamos intentando engañar a tres traficantes armados y, si mi plan no salía bien, nuestras vidas correrían peligro. Intenté caminar con tranquilidad, mostrándome serena ante nuestros enemigos, pero me temblaban las piernas. J. J. caminaba a mi lado en silencio. Sabía que se estaba preguntando por qué no nos habíamos quedado en la habitación del hotel, con Nefertiti, lejos de aquella aventura.

«**Porque somos Jones**», pensé. «Y mientras los Jones existan, siempre habrá alguien que defienda el patrimonio histórico».

Atravesamos el museo sin decir nada, escuchando los pasos de los traficantes a nuestra espalda. Las linternas de nuestros teléfonos creaban sombras en las piezas expuestas en las vitrinas, haciendo que todo pareciera terrorífico y fantasmagórico. Ni mi hermano ni yo teníamos ni idea de dónde se encontraba la cámara acorazada. Sin embargo, si me guiaba por lo que sabíamos sobre museos, me imaginaba dónde podía estar: en los sótanos. Por eso, cuando encontramos unos ascensores, usé la identificación que llevaba al cuello para activar el acceso a los pisos privados, pulsé el botón que nos llevaba a la planta más baja y **esperé no equivocarme**.

Unos segundos después, salimos del ascensor. Ante nosotros había unas grandes puertas metálicas que sospechaba que darían acceso a la cámara. Junto a la cerradura había una pequeña pantalla por la que tendríamos que pasar la identificación para entrar.

Tragué saliva y me giré para mirar a los traficantes.

—Es ahí —les dije.

Lo único que quería era ganar tiempo para pensar. Tiempo para trazar un plan.

—Bien, pues entra —me ordenó Adrien mostrándome la pistola.

Asentí y, aún sin tener claro lo que íbamos a hacer, pasé la tarjeta del guarda por la pantalla. La puerta emitió un leve pitido y, un segundo después, se abrió.

Unos grandes focos se encendieron en cuanto entramos y lo iluminaron todo con su intensa luz blanca. La cámara acorazada era un inmenso almacén lleno de estanterías metálicas que iban desde el suelo hasta el techo. En ellas había docenas de esculturas, cerámicas y cuadros; un sinfín de piezas que el museo conservaba, pero que, por unas razones u otras, no se habían podido exponer en las salas. Para que todo se conservara mejor hacía más frío que en el resto del museo, tanto que un escalofrío me bajó por la columna y me hizo lamentar no haberme puesto pantalones largos.

—¿Y bien? —preguntó Adrien—. ¿Dónde está el tesoro?

—Allí —respondió J. J.—. En aquel pasillo.

Mi hermano comenzó a andar, decidido, y yo le seguí. Esperaba que él tuviera un plan mejor que el mío (que era, exactamente, ninguno).

Recorrimos el almacén en silencio, con el sonido de nuestros pies haciendo eco contra los altos techos y la presión de sabernos amenazados por tres pistolas justo en la nuca. Giramos en un par de pasillos, en los que nos recibieron más estanterías, pero J. J. continuó hacia delante. **¡Aquel lugar era inmenso!**

Justo cuando más nerviosa estaba, J. J. se detuvo. Estábamos junto a una de las últimas estanterías de la cámara, una que quedaba justo al lado de la pared del fondo, en la que había multitud de interruptores y enchufes.

—Es aquí —dijo, señalando la estantería.

Y, cuando los traficantes miraron hacia el lugar que mi hermano les indicaba, todo se precipitó.

J. J. saltó para pulsar uno de los interruptores, y yo ahogué un grito. Al instante, los focos del almacén se apagaron y comenzó a sonar una alarma. Escuché un disparo, y la oscuridad se tiñó de luces rojas y azules.

—¡Cogedlos!

Otro disparo me encogió el estómago.

—**¡Manuela, corre!** —me gritó J. J.

Contuve el aliento cuando le vi escalar una de las estanterías. Al darme cuenta de lo que estaba a punto de hacer, me aparté. Uno de los traficantes me agarró del brazo para impedir que me alejara. Entre las luces rojas y azules distinguí el rostro de Adrien, dividido por su característica cicatriz.

—Eres igual que tu madre —me dijo, apretándome el brazo.

Los dedos de Lambert me presionaron la herida, y yo grité. Durante unos segundos, el dolor hizo que todo me empezara a dar vueltas. Pero no, eso no iba a detenerme. Con el brazo libre, cogí un trozo de capitel que había en la estantería que quedaba a mi izquierda y le golpeé a Lambert en la cara con todas mis fuerzas. Él gimió y me soltó. No se esperaba que fuera a atacarle, y yo sentí una orgullosa satisfacción. Sin embargo, duró poco. Un instante después, Lambert me apuntó con su pistola.

—No pude acabar con tu madre en México, pero acabaré contigo en Granada —me dijo. El labio le sangraba por el golpe que le había dado.

Di un paso hacia atrás, pero entonces llegó el estruendo, y Lambert no pudo disparar.

13

J. J. empujó la estantería desde arriba, esta cayó sobre los traficantes y los aplastó bajo kilos y kilos de mármol y cerámica. Los golpes de cientos de piezas estrellándose contra el suelo me dolieron en lo más hondo del pecho (y no pude evitar pensar en la bronca que nos iban a echar mis padres cuando descubrieran lo que habíamos hecho), pero, cuando llegó el silencio, sentí alivio.

—¿J. J.? —pregunté, algo asustada.

La alarma seguía sonando, taladrándome los oídos, y lo único que veía eran las luces rojas y azules que brillaban en el techo. El aire estaba cargado de polvo.

—Estoy aquí —me respondió. El dolor que percibí en su voz no me gustó—. Pulsa el interruptor redondo, el de color rojo.

Asentí y me acerqué hasta la pared llena de interruptores. Tal y como había hecho él unos minutos antes, pulsé el interruptor que me indicaba. Las luces desaparecieron, y los focos volvieron a iluminarlo todo. Me quedé ciega durante unos segundos. Cuando volví a ver con normalidad, me di la vuelta.

Los traficantes estaban inconscientes, cubiertos por las piezas caídas, y ya no eran una amenaza. Mi hermano estaba junto a ellos, tirado en el suelo y hasta arriba de polvo. Vivo.

—Manuela —me dijo. Cuando movió la pierna, su rostro se contrajo en una mueca de dolor—. Creo que... creo que me he hecho algo en la pierna. En la derecha. **Me duele mucho.**

Me agaché junto a él y le subí la pernera derecha del pantalón. Tenía la pierna muy hinchada y un extraño bulto morado le deformaba la rodilla. No tenía ni idea de medicina, pero todo parecía indicar que, en efecto, se había hecho algo. ¿Y si con la caída se había roto algún hueso?

—¿Quieres que llame a una ambulancia?

—No, no llames a nadie —me respondió, intentando controlar el dolor—. Quítales la llave a los traficantes y... y encuentra el tesoro.

J. J. respiraba con dificultad y parecía a punto de ponerse a llorar. Jamás le había visto así. La que solía acabar llena de golpes y heridas era yo, porque él nunca había sido muy aventurero. Él era quien me traía helado cuando me caía de algún árbol y me hacía daño, el que me ponía las películas de Indiana Jones cuando nuestros padres me castigaban sin salir por haberme vuelto a saltar sus normas (¿qué clase de norma era no correr por el museo de noche? ¡Si era la hora más divertida!). Él siempre había estado ahí para mí, y ahora me tocaba a mí estar para él.

—Hemos llegado aquí **gracias a ti** —dije—. J. J., lo que has hecho... No pensaba que fueras tan valiente.

—Es que con mi hermana solo me meto yo.

—Este acto heroico no va a hacer que deje de darte los cubiertos feos cuando pongo la mesa, ¿eh?

Mi hermano sonrió, pero el dolor le obligó enseguida a dejar de hacerlo. Le miré, preocupada, y, justo en ese momento, el traficante de las gafas gimió. Oh, no. No podíamos quedarnos allí mucho tiempo. Si se despertaban, el sacrificio de J. J. no habría servido para nada.

—Date prisa —susurró mi hermano.

Me puse en pie y me acerqué hasta los traficantes. Tuve que apartar un par de piezas para poder llegar hasta ellos. El primero al que encontré fue al de pelo negro rizado. Un capitel le había golpeado en la cabeza y no parecía que fuera a despertarse en un buen rato. Sin embargo, no podíamos confiarnos. Le registré lo más rápido que pude, pero no llevaba nada de interés ni en los bolsillos del pantalón ni en los de la chaqueta.

—**Busca a Lambert** —me indicó J. J.—. Seguro que la llave la guarda él.

Por suerte, Lambert fue el siguiente al que encontré. La herida que le había hecho en el labio al golpearle le deformaba la boca.

Busqué en los bolsillos de su chaqueta y, cuando mis manos tocaron la llave metálica, ahogué un grito. ¡La habíamos encontrado! La saqué, ansiosa, y la observé durante unos segundos. Era dorada, tan dorada como en la pintura de casa de Amira. Aunque no era muy grande, pesaba mucho más de lo que había imaginado. Al tocarla sentí lo mismo que al entrar en un museo, lo mismo que cuando mis padres nos enseñaban algún documento antiguo del archivo. Aquella llave estaba hecha de historia, y solo por eso ya poseía un valor incalculable.

—La tengo —le dije a mi hermano, dándome la vuelta para enseñársela.

—Bien, pues vámonos de aquí.

Me guardé la llave en el bolsillo y, con algo de esfuerzo, le ayudé a levantarse.

—Apóyate en mí —le indiqué.

A pesar de que era yo la que cargaba con él, cada vez que J. J. daba un paso, gemía de dolor. Tardamos más de lo esperado en llegar hasta la salida de la cámara acorazada, pero, cuando lo hicimos, los traficantes aún seguían inconscientes. Sin embargo, hasta que no los encerramos dentro no me quedé tranquila.

—Te esperaré aquí —me dijo J. J., apoyándose contra una de las paredes para sentarse en el suelo—. Si vas tú sola, **irás más rápido**.

—¿Estás seguro? —le pregunté.

No quería dejarle solo, pero tampoco teníamos otra opción. Mi hermano no podía andar, y moverse hasta donde fuera que estuviera escondido el tesoro sería una tortura para él. Por difícil que resultara, tenía que ir sola a buscar el tesoro.

—Muy seguro. Procuraré **no pensar en el dolor**.

Cuando se sacó el teléfono del bolsillo, le fulminé con la mirada. ¡Más le valía no ponerse a pensar en su estúpido directo justo en ese momento!

—No tardaré —le dije—. No tengo ni idea de dónde puede estar el tesoro, pero prometo darme prisa.

Saqué mi propio teléfono del bolsillo y, cuando vi los cientos de mensajes de Claudia, me sentí fatal. No le habíamos dicho nada desde que nos habíamos adentrado en el túnel, y debía de estar preocupada.

Empecé a teclear una respuesta, pero entonces se me ocurrió una idea mejor.

—Escribe a Claudia —le dije a mi hermano—. Cuéntale lo que ha pasado y dile que estamos sanos y salvos. Bueno, si quieres dile que te has roto una pierna para salvarme, así verá lo valiente que eres.

—No le voy a decir eso —respondió él—. Ni siquiera le voy a escribir. No tengo su teléfono.

—Te lo paso ahora mismo —le dije mientras compartía el contacto de Claudia con él.

—Manuela, he dicho que no.

—Vamos, champiñón. —Me di la vuelta para llamar al ascensor, ocultando así la sonrisa burlona que se me había dibujado en la cara—. ¿Eres capaz de dejar inconscientes a tres traficantes, pero no de hablar con la chica que te gusta? **¡A ver si no vas a ser tan valiente como creía!**

Entré en el ascensor, dejándole con la palabra en la boca, y, antes de que las puertas se cerraran del todo, le sonreí. Aunque estaba preocupada, nerviosa y perdida, pensaba llegar hasta el final de aquella aventura.

Metí la mano en el bolsillo del pantalón y, como si su tacto me tranquilizara, saqué la llave de Boabdil.

El tesoro del último sultán se encontraba allí, entre las paredes de la Alhambra, y estaba dispuesta a encontrarlo.

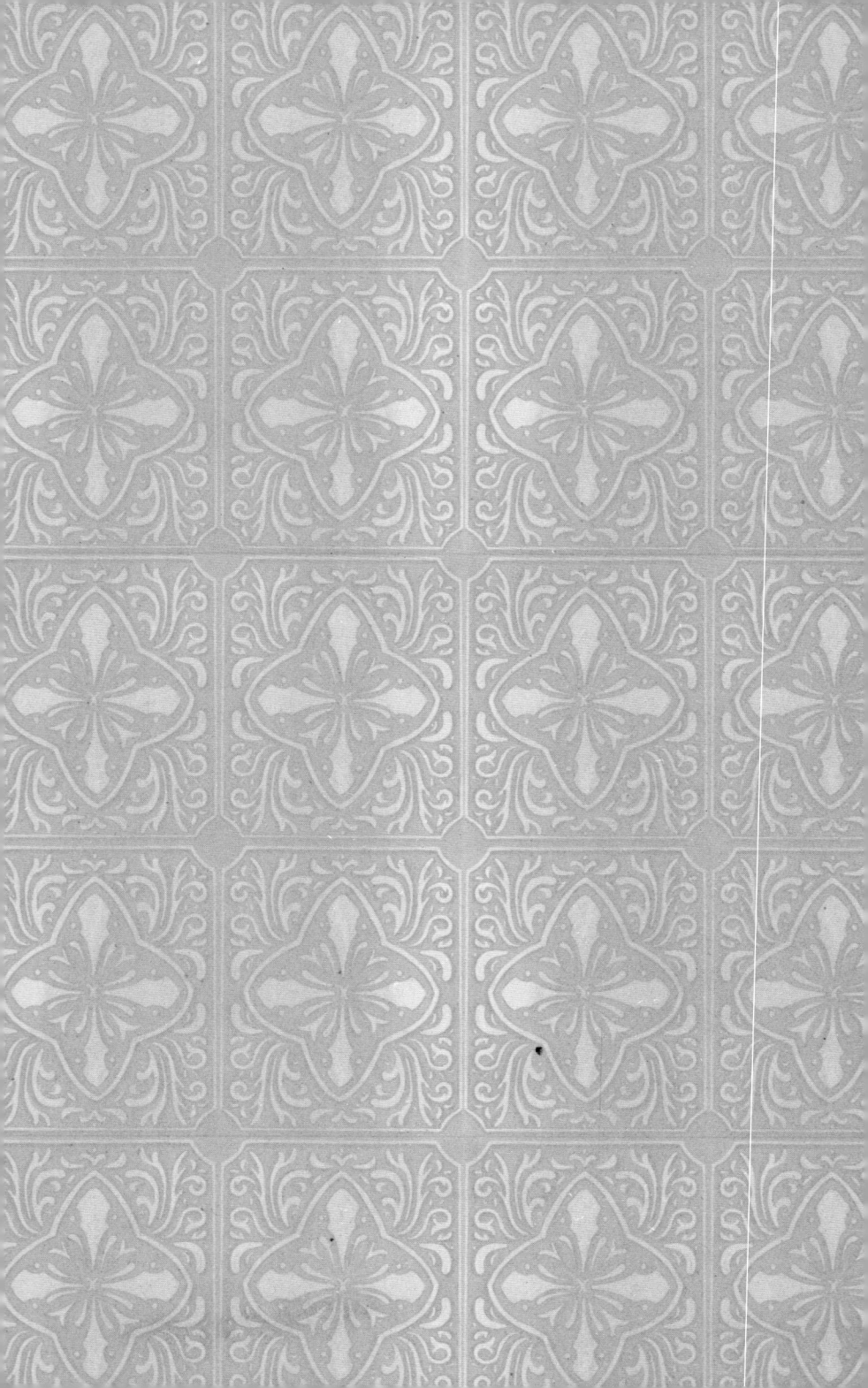

14

Mientras recorría la oscuridad de la Alhambra con la llave de Boabdil en la mano, pensaba en el acertijo de Youssef Cherkaoui. Gracias a sus versos habíamos descubierto que teníamos que ir a la Alhambra, además del código que nos había permitido acceder al túnel que nos llevaba hasta ella, así que estaba casi segura de que también encontraríamos el lugar en el que se escondía el tesoro. Solo teníamos que descifrarlo.

—Un pedazo de cielo —recité mientras caminaba.

Mi cabeza trabajaba a toda velocidad para encontrar una solución. Quizá el tesoro se encontraba en el Salón de Comares, bajo la cúpula estrellada de la que nos había hablado mi padre. Sí, eso tenía sentido. Sin embargo, un tesoro no podía estar a la vista, porque alguien lo habría encontrado ya, y ni siquiera quería pensar en qué pasaría si estaba bajo tierra. No tenía ninguna herramienta para cavar, y tampoco tiempo para hacerlo. Además, ¡¿cómo iba a romper el mármol del suelo?! Bastante daño le habíamos hecho ya a los palacios de la Alhambra.

Casi sin darme cuenta, llegué hasta un patio. A pesar de la oscuridad, lo reconocí: era el Patio de los Leones. La famosa fuente estaba justo en el centro, con sus doce leones escupiendo agua por la boca y sus bonitas columnas decoradas vigilándolo todo.

Me acerqué hasta la fuente para inspeccionarla mejor mientras una idea comenzaba a formarse en mi mente. ¿Y si el tesoro estaba allí, en el lugar más famoso de la Alhambra? ¿Y si, de alguna forma, la fuente daba acceso a algún pasadizo secreto? ¡Quizá había alguna cerradura escondida en el cuerpo de los leones, o incluso en la pila de la fuente, y solo la llave de Boabdil podía abrirla!

Iluminé a los leones con la linterna del móvil, dispuesta a encontrar la forma de llegar hasta el tesoro, cuando una voz a mi espalda me sobresaltó.

—**No deberías estar aquí** —me dijo.

Le reconocí antes de darme la vuelta: era David, el ayudante de Karim Cherkaoui.

—¡David! —exclamé—. ¿Qué estás haciendo aquí?

El chico tenía el rostro serio, las manos a la espalda. La luz de mi móvil hacía brillar el metal de sus gafas, lo que hacía que su rostro de ratoncillo tuviera un aspecto peligroso. A pesar de que me alegraba de ver una cara conocida, me aterró la idea de que hubiera avisado a mis padres, o incluso a la policía, antes de que hubiéramos conseguido el tesoro.

—**¿Y tú, Manuela Jones?** —me preguntó él—. ¿Qué estás haciendo aquí?

El tono de su voz me resultó un tanto extraño, muy distinto al que le había escuchado en casa de Karim. Parecía rabioso, como si odiara haberse encontrado conmigo. Y eso disparó todas mis alarmas.

—Quería ver la Alhambra —mentí—. De noche.

—Ver la Alhambra —repitió él. La sonrisa que apareció en su rostro me provocó un escalofrío—. Ya. ¿Y qué es eso que tienes en la mano? No será una llave, ¿no?

Los latidos de mi corazón se aceleraron cuando me di cuenta de que tenía en mis manos la llave que le habían robado a Youssef Cherkaoui, la misma llave que les habían robado a mis padres. Y eso me convertía en sospechosa del robo.

—**Puedo explicártelo.** La llave la tenían...

Pero David no quería explicaciones. Antes de que yo pudiera seguir hablando, él se sacó una pistola de la chaqueta y me apuntó. Me quedé sin respiración.

—Esa llave no debería estar en tu poder —me dijo—. Esa llave nunca debería haberse donado a ningún museo. Intenté convencer a Karim, y también al estúpido de su padre, pero ninguno de los dos me hizo caso. ¡El tesoro que os han regalado a vosotros podría haberme solucionado la vida a mí!

Tenía todo el cuerpo en tensión, pero, más que por el arma que David sostenía entre las manos, era por lo alterado que parecía. Estaba enfadado, mucho, y parecía dispuesto a pagarlo conmigo. Al contrario que los traficantes, que trabajaban por encargo, él parecía desesperado por obtener la llave. Como si le fuera la vida en ello.

—Le he entregado mi vida a esa familia —continuó David—. He trabajado para ellos sin descanso durante años, aunque tuviera que dejar de lado los estudios e incluso dejar de dormir. ¡Y así me lo pagan! ¡Entregándole su fortuna a un museo! ¡Youssef Cherkaoui no me ha dejado ni un solo euro en su testamento!

Cuanto más hablaba David, más nervioso parecía. Casi no podía sostener la pistola entre las manos. No sabía si quería dispararme y robarme la llave o ponerse a llorar. Estuve a punto de salir corriendo, intentar huir de las balas como habíamos hecho en la catedral, pero algo hizo que me quedara donde estaba. Justo detrás de David **vi un destello**, el movimiento de una persona que conocía a la perfección, y supe lo que tenía que hacer: entretener a David.

—¿Fuiste tú quien contrató a los traficantes? —le pregunté—. ¿Les encargaste robar la llave y encontrar el tesoro?

—¡Pues claro! Sabía dónde estaba la llave, y también sabía que había un tesoro escondido. ¡Escuché cómo el viejo se lo contaba a su nieta! Si la familia Cherkaoui no pensaba recompensar mis años de servicio y lealtad, me aseguraría de obtener un pago.

—¡Pero la llave no te pertenece! —le respondí—. ¡Youssef Cherkaoui la estuvo protegiendo, y ahora lo hará el museo! ¡Esta llave... esta llave es una pieza histórica!

—¡Esa llave va a ser mía **cueste lo que cueste**!

David cargó la pistola, y yo tragué saliva.

—Dame la llave si no quieres que dispare —me dijo.

—No te atreverás. Si me haces daño, la policía te descubrirá. Pasarás años en la cárcel.

—Cuando la policía descubra lo que he hecho —se burló David—, yo ya estaré muy lejos. No tienes ni idea de lo que se puede conseguir con el dinero de ese tesoro. Dame la llave. Es la última vez que te lo voy a pedir.

—Quizá la policía descubra lo que has hecho mucho antes de lo que crees —dijo una voz justo detrás del ayudante—. Sonríe, David, que estás en directo.

J. J. dio un paso al frente apretando los dientes para tragarse el dolor de la pierna, y tanto David como yo vimos el teléfono móvil en su mano. Mi hermano había grabado la confesión de David. Y miles de personas la habían escuchado en directo.

15

David miró el teléfono de mi hermano como si no comprendiera del todo lo que estaba ocurriendo. Después le apuntó con la pistola.

—Maldito niñato —gruñó—. ¡Tenías que estropearlo todo!

Cuando dio un paso hacia él, no lo dudé. Corrí hasta David y, de un salto, me abalancé sobre él. Caímos al suelo y el ayudante de Karim soltó la pistola.

—¡No! —gritó, intentando deshacerse de mí—. ¡No era así como tenía que acabar esto!

Luchamos durante unos segundos, pero terminé inmovilizándole con mi peso y sujetándole las manos a la espalda.

Por suerte no era demasiado grande ni demasiado fuerte, y pude retenerle con facilidad.

—Lo siento, David —le dije, aún luchando contra sus movimientos—. El patrimonio histórico no te pertenece.

En ese instante llegó la policía. El Patio de los Leones se llenó de agentes armados que apuntaron a David con sus pistolas. Había por lo menos veinte. La luz de sus linternas lo iluminó todo y el sonido de sus radios rompió la calma que había reinado en la Alhambra. Probablemente, alguien que vio el directo de mi hermano los había llamado. Y nos había salvado.

—Lo tenemos —dijo uno de los policías.

—Recibido —respondió una voz metálica desde el otro lado de la línea—. **Procedan a la detención.**

Los policías se acercaron hasta mí, y yo me apresuré a levantarme, con las manos en alto, para dejarles vía libre. Mientras tres de ellos esposaban al ayudante de Karim, otro se dirigió a mí.

—¿Os ha hecho algo? —me preguntó.

—No —le respondí, dándome cuenta de golpe de que era verdad: habíamos sobrevivido a aquella aventura—. Yo tengo una herida en el brazo y mi hermano se ha hecho daño en la pierna, pero estamos bien.

—Tendremos que haceros algunas preguntas.

Asentí y busqué a J. J. con la mirada.

Junto a los policías habían llegado varios miembros del servicio médico que ya le estaban atendiendo. Él seguía con el teléfono en la mano grabándolo todo. Desde luego, iba a ser el directo más exitoso de la historia.

—¡Manuela!

Al reconocer la voz de mi madre, me di la vuelta a toda prisa. Mis padres me abrazaron con fuerza, tanta que casi me dejan sin aire.

—Madre mía, ¿estás bien?

—¿Y tu hermano? ¿Dónde está?

—¡¿Cómo se os ha ocurrido escaparos del hotel?!

La mezcla de alivio y preocupación que teñía sus frases hizo que se me encogiera el estómago. Sabía que en cuanto llegáramos a casa nos esperaba una buena bronca.

—**La policía nos ha llamado** —me explicó mi padre. Cuando me vio la sangre del brazo, abrió mucho los ojos—. No nos lo podíamos creer.

—Hemos encontrado la llave —les dije en voz baja, como si eso nos excusara—. La llave de Boabdil. Los traficantes la robaron para...

—Espera, ¿qué? —me interrumpió mi padre.

—Queríais desenmascararlos, ¿verdad? Cuando los vimos en aquella subasta hace cuatro años dijisteis que queríais que la policía los detuviera por tráfico ilegal de obras de arte. ¡Y lo hemos conseguido! ¡J. J. y yo lo hemos conseguido!

Los dos me miraron con asombro, como si no se creyeran lo que acababa de decir, y yo me saqué la llave del bolsillo del pantalón.

—Fue David el que se la robó a los Cherkaoui —les expliqué. No podía contarles nada sobre el tesoro. Ese era un secreto que le pertenecía a Amira—. Ahora está a salvo.

—Manuela, ¿os habéis escapado del hotel solo para **recuperar la llave robada**?

—Eh... sí.

En la mirada de mis padres había sorpresa, un enfado que aún no había terminado de estallar, pero también orgullo. Desde pequeños nos habían enseñado lo importante que era el patrimonio para el conocimiento de la historia, nos habían contado lo mucho que ellos se habían esforzado por protegerlo, y J. J. y yo habíamos seguido su ejemplo. No podían castigarnos si habíamos actuado tal y como lo habrían hecho ellos, ¿no?

—Pero ¿te das cuenta de lo peligroso que es lo que habéis hecho?

—Hablaremos en casa —sentenció mi padre—. ¿Dónde está J. J.?

Señalé a mi hermano con un gesto de la cabeza y, al ver que estaba con el servicio médico, ambos se dieron la vuelta para acercarse a él. Antes de marcharse, sin embargo, mi madre volvió a mirarme.

—No me gusta nada lo que habéis hecho —me dijo—. Ha sido muy irresponsable por vuestra parte.

—Lo siento, mamá, te juro que...

Mi madre levantó un dedo para obligarme a guardar silencio, y yo obedecí.

—A pesar de todo —continuó—, **estoy muy orgullosa de vosotros**. No sabía si entenderíais lo que implica ser un Jones, pero me habéis demostrado que sí.

Se dio la vuelta para ir junto a J. J., y yo no pude contener una sonrisa. Antes de que se marchara, sin embargo, decidí hacerle una pregunta. Mi curiosidad me impedía quedarme con la duda.

—¡Mamá! —exclamé. Ella se giró hacia mí—. ¿Qué te pasó con Adrien Lambert en México?

Mi madre entornó los ojos, como si se estuviera preguntando cómo había llegado esa historia a mis oídos, y después, esbozando una sonrisa, me dijo:

—Ah, la corona del rey maya Pakal. Algún día te contaré esa historia. Hoy tenemos otras cosas de las que preocuparnos.

Volvió a darse la vuelta, y yo preferí no insistir. No nos íbamos a librar del castigo, pero, si nos portábamos bien, quizá no tuviéramos que estar encerrados hasta que cumpliéramos los dieciocho.

16

Cuando llegamos al hotel estaba amaneciendo. Estuvimos un par de horas respondiendo a las preguntas de la policía (por suerte, no nos detuvieron por el destrozo en la cámara acorazada de la Alhambra, sino que les echaron toda la culpa a los traficantes) y otro par en el hospital para que los médicos nos examinaran las heridas. Estábamos agotados, de modo que al llegar a la habitación nos fuimos directos a la cama. Nefertiti nos había mirado con odio durante unos segundos y después había seguido durmiendo. En su idioma eso significaba que se alegraba de vernos sanos y salvos (aunque solo fuera porque sin nosotros no tendría quien le comprara las latas de comida prémium que tanto le gustaban).

Nos despertamos a mediodía e hicimos lo que cualquier persona habría hecho después de una aventura como la nuestra: pedir dos pizzas familiares para comer.

—**¿Te duele mucho?** —le pregunté a J. J.

—Un poco.

Mi hermano tenía la pierna escayolada y estirada sobre la cama, ya que se había roto el ligamento cruzado anterior (sí, era una rotura tan complicada como su nombre). Iba a estar una buena temporada sin andar y también necesitaría rehabilitación. La espalda la tenía apoyada contra la pared, mientras que yo me había sentado frente a él, justo a los pies de la cama (y bien cerca de las cajas de pizza). Aunque a Nefertiti no le gustaba la pizza, sí le gustaba ser el centro de atención. Por eso, también se había subido a la cama y de vez en cuando caminaba frente a nosotros, asegurándose de tocarnos la cara con su cola peluda.

Cogí otro trozo de pizza y J. J. se apresuró a terminarse el que tenía entre las manos para hacer lo mismo. Cuando comíamos pizza siempre había una competición silenciosa entre nosotros, como si no pudiéramos soportar que el otro comiera más trozos. El hambre nunca era lo prioritario para mí cuando pedíamos pizza; lo que de verdad importaba era ganar a mi hermano.

—Supongo que tus miles de seguidores estarán deseando saber cómo estás.

J. J. se encogió de hombros, pero no me respondió. Lo que había hecho la noche anterior nos había salvado la vida a los dos. Con su directo no solo había conseguido que la policía se enterara de lo que estaba ocurriendo, sino que había dejado evidencias de la confesión del ayudante de Karim. Había sido capaz de caminar desde la entrada de la cámara acorazada, aguantando el dolor, hasta llegar al Patio de los Leones. Y lo había hecho por mí. **Para salvarme.**

Quería darle las gracias, pero ya lo había hecho bastantes veces en las últimas horas y no quería que se le subiera a la cabeza. Tras finalizar nuestra aventura en Granada había llegado el momento de volver a odiarnos.

—¿Cómo se te ocurrió? —le pregunté—. Lo de grabar a David en directo.

—Se le ocurrió a Claudia —me confesó—. Hablé con ella, como me dijiste, y los dos estuvimos de acuerdo en que tenía que ir a buscarte. Algo nos daba mala espina, y no podía quedarme esperando sin hacer nada.

—Así que a Claudia, ¿eh?

Las mejillas de mi hermano **enrojecieron**, y yo no pude ocultar una sonrisa. En el hospital, mientras esperábamos a que los médicos terminaran con J. J., la había llamado y se lo había contado todo, y ella se había mostrado especialmente preocupada por mi hermano. Durante unas horas había pensado que, quizá, aquella aventura también los había unido a ellos, pero por supuesto no había tenido en cuenta que J. J. era J. J.

—No te confundas —me dijo—. Sigo odiando a esa pesada.

—Pero...

—Manuela, se acabó el tema. La odio y punto.

Estuve a punto de replicar, pero decidí seguir comiendo. La pizza estaba increíble. Me dolían todos los músculos del cuerpo, y el corte que el traficante me había hecho en el brazo aún me escocía, pero con cada bocado me sentía algo mejor.

—¿Crees que los traficantes irán a la cárcel? —me preguntó J. J. **para cambiar de tema**.

—Supongo que sí —le respondí.

—¿Y David?

—Eso espero.

La gata volvió a pasar delante de mí, y yo me aparté para que la boca no se me llenara de pelos. Ella emitió un maullido lastimero. Al final, incapaz de resistirme a los deseos de la faraona, tuve que acariciarla. Nefertiti había sido la primera en desconfiar del ayudante de Karim, pero no habíamos sabido ver las señales. Me prometí a mí misma que la próxima vez sospecharía de todo aquel que no le cayera bien a Nefertiti.

Solo quedaba un trozo de pizza cuando alguien llamó a la puerta de la habitación. J. J. y yo nos miramos, desafiantes, porque ninguno de los dos quería levantarse y que el otro se comiera el último trozo. Sin embargo, él tenía la pierna escayolada, lo que me obligaba a levantarme a mí. Aunque ya tenía un trozo de pizza en la mano, cogí el otro y me levanté.

—¡Eh! —gritó mi hermano—. **¡Eso no vale!**

—¿Dónde lo pone?

Abrí la puerta con una sonrisa en la boca y mis padres entraron en la habitación.

—¡Buenas noticias, hijos míos! —exclamó mi padre—. Acaba de llamarnos Karim Cherkaoui y está muy agradecido con vosotros por haber recuperado la llave.

—Y por haber desenmascarado a su ayudante —añadió mi madre.

—Quiere invitarnos a cenar esta noche en su casa. Además, así podréis devolverle a vuestra amiga el libro que os prestó.

El libro de Amira estaba sobre la cama porque, mientras esperábamos a que llegara la pizza, lo había estado hojeando. Sin embargo, al tenerlo entre las manos me había sentido triste y culpable. A pesar de que habíamos recuperado la llave, habíamos fracasado en la búsqueda del tesoro. Cuando volviera a ver a Amira, tendría que decirle que no lo habíamos conseguido, que nunca recuperaría el tesoro de su abuelo ni sabría qué era lo que este le había querido decir antes de morir.

—Genial —musité mientras le daba otro bocado a la pizza (aunque este fue triste, no como los anteriores).

—Esa cena será nuestra despedida oficial de Granada —dijo mi madre—. Mañana volveremos a Madrid.

—**Y empezará vuestro castigo** —añadió mi padre.

Tanto J. J. como yo suspiramos con aburrimiento. Deseaba volver a Madrid para ver a Claudia, para retomar las clases de baile y para volver a ver a Hugo, pero no quería estar castigada. Nada más pensar que durante una temporada solo podría salir de casa para ir al instituto, me entraban ganas de volver a escaparme.

—He estado pensando que, mientras estáis castigados, os obligaremos a limpiar todas las monedas que tenemos en el monetario del museo. A mano. Una a una.

—¡Papá! —exclamé—. ¡Son muchísimas!

—Mejor —le apoyó mi madre—. Así tendréis más tiempo para pensar en lo que habéis hecho.

—Yo no puedo hacer eso —dijo J. J. señalándose la pierna—. Estoy convaleciente.

—Te pondremos una silla para que estés cómodo.

Bufé y me crucé de brazos, pero mis padres no se echaron atrás. A pesar de que habíamos conseguido recuperar la llave y de que todos nuestros actos habían tenido como objetivo la protección del patrimonio histórico, seguían enfadados. **Orgullosos sí, pero enfadados.**

Hacer que nos perdonaran iba a ser mucho más difícil que perseguir y detener a los traficantes.

17

Cuando llegamos a la casa de los Cherkaoui, Karim nos dijo que Amira nos estaba esperando a J. J. y a mí en la biblioteca.

Tenía su libro en la mochila, así que, mientras mis padres hablaban con el señor Cherkaoui sobre viajes y piezas históricas, mi hermano y yo fuimos a buscarla. Como J. J. aún no podía andar, tuvo que atravesar la casa con muletas.

—¡Manuela! —exclamó Amira cuando nos vio—. ¡J. J.! Qué alegría volver a veros.

Esta vez, la hija del señor Cherkaoui llevaba un hiyab de color verde que le combinaba con el vestido. Estaba sentada en su silla de ruedas junto a uno de los sillones, rodeada de libros. Parecía entusiasmada de vernos, como si llevara horas esperándonos.

—Hemos venido a devolverte el libro —le dije, sacándolo de la mochila—. Lo hemos cuidado lo mejor que hemos podido.

Amira acercó la silla hasta nosotros y, cuando le entregué el libro, sonrió. Quizá pensaba que habíamos encontrado el tesoro y estaba esperando que se lo diéramos o que le dijéramos dónde lo habíamos escondido. Me sentí fatal por tener que decirle la verdad.

—Sabes que encontramos la llave, ¿no? —le dijo J. J.

—Lo sé. Y también sé que **no ha sido fácil**.

Amira miró la pierna escayolada de J. J., y su sonrisa se desvaneció. No quería que pensara que ella tenía la culpa de lo que nos había pasado. Perseguir a los traficantes e intentar recuperar el tesoro de su abuelo había sido una decisión nuestra, y nosotros asumíamos las consecuencias de nuestros actos.

—Bueno, tampoco le demos tanta importancia —le respondió J. J.—. Con todo lo que ha pasado, he ganado muchos seguidores.

Amira se rio, y yo puse los ojos en blanco. Después, cuando volvimos a quedarnos callados, supe que había llegado el momento de contar la verdad.

—Amira, sentimos mucho tener que decirte que...

—No, soy yo la que os tiene que pedir perdón.

Fruncí el ceño, sin dejar de mirarla, y ella nos indicó que la siguiéramos. Sin decir nada, llevó la silla hasta uno de los escritorios de la biblioteca y nos mostró un enorme baúl de madera decorado con bonitas inscripciones como las de las paredes de la Alhambra, además de alguna que otra piedra preciosa incrustada. La cerradura era enorme y dorada.

—Anoche, después de nuestra conversación, entré en el despacho de mi abuelo —nos explicó, dejando el libro sobre el escritorio, **justo al lado del baúl**—. No lo había hecho desde su muerte porque no me sentía capaz. Una de las primeras cosas que encontré fue una carta que me escribió; una carta que nunca llegué a recibir. Estaba escondida en un cajón.

Mis ojos iban del baúl al rostro de Amira, que se había puesto muy seria. Desconocía hacia dónde iba aquella conversación, pero estaba ansiosa por descubrirlo.

—En esa carta, mi abuelo me contaba un secreto, uno sobre nuestra familia. Al parecer, mi abuelo quería que yo fuera la primera en descubrirlo y también la encargada de contárselo al mundo. Ni siquiera mi padre lo sabe. Aún no estoy preparada para contárselo, pero, por todo lo que me habéis ayudado, quiero que vosotros seáis los primeros en saberlo.

Amira llevó la silla hasta el cuadro de Boabdil y los Reyes Católicos y lo observó durante unos segundos. J. J. y yo nos acercamos hasta ella sin atrevernos a decir nada.

—Cuando los Reyes Católicos se hicieron con el control de Granada, Boabdil y los miembros de su familia se marcharon a Marruecos. Allí se perdió la pista de los últimos nazaríes. Sin embargo, en la carta… mi abuelo me contaba que los últimos nazaríes somos nosotros, los Cherkaoui. Mi familia y yo somos **los últimos descendientes de Boabdil** que quedan vivos.

Tanto mi hermano como yo abrimos los ojos, sorprendidos. ¡¿Amira descendía del mismísimo Boabdil?! Al igual que la llave de la Alhambra, ese secreto había pasado de generación en generación hasta llegar a Amira. Ahora, su abuelo le había encargado contárselo al mundo. J. J. y yo éramos unos privilegiados por saberlo antes que nadie. Estar con Amira, con los Cherkaoui, era como estar junto a un pedazo de historia viviente.

—Te guardaremos el secreto —le dije—. Eres tú la que debe contarlo, y lo harás cuando estés preparada.

—Gracias —me respondió ella.

Volvimos a quedarnos callados, observando el cuadro. No sabía si alucinaba, pero, ahora que sabía la verdad, podía ver los rasgos de Boabdil en el rostro de Amira.

—En la carta, mi abuelo también me hablaba del tesoro del último sultán —nos dijo. Tanto J. J. como yo nos pusimos tensos—. Quería que yo lo heredara, pero primero tenía que encontrarlo. Al parecer, el tesoro estaba protegido en la Alhambra, en una cámara acorazada que el museo le había cedido a mi abuelo, pero, cuando empezó a sospechar que alguien quería arrebatárselo, lo sacó de allí. Siento mucho que corrierais tantos peligros buscando el tesoro cuando no estaba en la Alhambra, sino… aquí. En mi casa.

—¡¿**Qué?!** —exclamamos J. J. y yo a la vez.

Amira apretó los labios, avergonzada, y bajó la vista.

—Lo guardó en su caja fuerte —nos explicó—, pero nadie lo sabía. Escribió el acertijo en el libro porque sospechaba de David, y quería que él lo leyera. El ayudante pasaba mucho tiempo conmigo porque tenía claro que si alguien sabía dónde estaba el tesoro tenía que ser yo, así que mi abuelo tuvo que esforzarse para engañarle. Ni siquiera tuvo la oportunidad de darme la carta antes de morir, porque David estaba al acecho.

—Le hizo creer que el tesoro seguía en la Alhambra, cuando él mismo lo sacó de ahí… —le dijo J. J.

—Pero nunca llegaste a descubrirlo porque no pudo entregarte la carta en la que te lo explicaba —añadí yo.

—Eso es —nos confirmó Amira—. Pero, ahora que lo sé, he podido encontrar el tesoro. De hecho, es ese baúl.

J. J. y yo nos giramos de nuevo hacia él, incapaces de creer que, después de todo, hubiéramos encontrado el tesoro del último sultán. Podía notar cómo el corazón me latía emocionado en el pecho.

—Para abrirlo necesitamos la llave —señalé, observando la cerradura—. Y la llave la tienen mis padres.

—En realidad no —dijo Amira—. Mi padre se comprometió a restaurar la llave y entregarla al museo en las mejores condiciones posibles, así que aún no la tienen ellos. Está en nuestro laboratorio de restauración.

—No estarás insinuando que tenemos que **colarnos en ese laboratorio**, ¿verdad? —le preguntó J. J.

—No hace falta —le respondió Amira. Se metió la mano en uno de los bolsillos del vestido y sacó la llave de Boabdil—. Ya me he colado yo.

Al ver de nuevo la llave, todo lo que habíamos sentido durante nuestra aventura volvió a presionarme el estómago. El miedo, la sensación de peligro, el dolor. Sin embargo, todo había merecido la pena por llegar hasta ese momento.

—¿Quieres que lo abramos? —le pregunté a Amira—. ¿O prefieres hacerlo sola?

—Este tesoro es tan mío como vuestro. Ábrelo tú, Manuela. Creo que **te has ganado ese privilegio**.

Amira me entregó la llave y yo, aunque dudé, la cogí.

Nos acercamos hasta el baúl y nos quedamos quietos frente a él. Habíamos pasado por muchas cosas para llegar hasta él y estábamos tan nerviosos como emocionados.

Metí la llave en la cerradura del baúl y, cuando la giré, se oyó un suave clic. Los tres contuvimos el aliento.

No sabíamos qué íbamos a encontrar. Cuando se habla de tesoros, siempre se piensa en joyas, en monedas de oro y en riqueza. Sin embargo, lo que Boabdil había escondido no eran más que documentos.

—¡¿Esto es el famoso tesoro?! —exclamó J. J.

Los documentos del baúl estaban escritos sobre un papel de un leve color rojizo (como si en otra época hubieran estado teñidos), y la tinta era muy negra. Aunque la mayoría estaban muy bien conservados, alguno parecía a punto de deshacerse. Cogí uno de ellos, al azar, y, al ver que estaba escrito en árabe, se lo pasé a Amira.

—¿Entiendes lo que dice?

—El árabe no ha cambiado mucho desde la época de al-Ándalus, así que sí. En las calles se hablaba árabe andalusí, que es algo diferente, pero los documentos ofi-

ciales estaban escritos en árabe clásico. —Lo leyó durante unos segundos, en silencio, y nosotros esperamos con expectación—. Es... es una carta escrita por Boabdil.

Los dos la miramos, sin saber qué decir, y ella cogió otro documento. Lo leyó por encima y luego cogió otro. Y después otro.

—Esto es interesantísimo —murmuró—. No hay mucha documentación oficial de la época nazarí, y mucho menos escrita por Boabdil. No son tratados de paz ni contratos. Son... una especie de diario personal. ¡Aquí hay muchísima información sobre la época nazarí!

—La verdad es que esperaba lingotes de oro —me susurró J. J.—. No te voy a engañar.

—Estos documentos podrían valer una fortuna —le respondió Amira—. Si se pusieran a la venta, mucha gente querría comprarlos.

—Pero tu abuelo no quería venderlos —le dije yo—. No quería que los tuviera alguien como David.

—Por eso donó la llave al museo —añadió ella—. Quería que tus padres se encargaran de proteger estos documentos y que todo el mundo pudiera disfrutar de ellos. Quería...

—Proteger el patrimonio histórico.

Amira asintió, y yo sentí por dentro un orgullo inexplicable. Las aventuras estaban bien, muy muy bien, pero lo que habíamos descubierto allí, con esas cartas, era lo que habrían querido descubrir mis padres, lo que habría querido descubrir el mismísimo Indiana Jones. Lo que habíamos descubierto allí era una puerta a otra época, el acceso a unas palabras que tenían siglos de antigüedad.

—¿Y qué vas a hacer con todos estos documentos? —le preguntó J. J.—. No irás a leértelos todos, ¿verdad?

Amira observó la carta que tenía entre las manos, y después nos miró a nosotros. Sus ojos brillaban con emoción, como si supiera lo que tenía que hacer **y eso le hiciera feliz**.

—Mi abuelo quería que el museo protegiera este tesoro, así que eso es lo que voy a hacer: entregárselo. Estoy segura de que por eso quería que fuera yo la que lo heredara, porque nadie más lo habría entendido. Ni siquiera mi padre. Ya sé qué era lo que quería decirme, sé el secreto de mi familia, así que estos documentos deben ir al lugar al que pertenecen. Manuela, J. J., aceptad este regalo.

J. J. y yo la miramos durante unos segundos, como si lo que estábamos compartiendo en ese momento no necesitara palabras. Amira nos estaba dando lo más valioso que tenía y, si lo aceptábamos, nos comprometeríamos a protegerlo. Porque sí, quizá tuviera solo trece años y aún estuviera en el instituto, pero nadie me iba a impedir seguir luchando por lo que era justo.

—Tranquila. Lo haremos —le aseguré a Amira—. Mientras los Jones existan, siempre habrá alguien que defienda el patrimonio histórico. Te lo prometo.

Y así, a pesar de todo, conseguimos el tesoro del último sultán.

18

Tal y como esperaba, el examen de mates que tuvimos a la semana siguiente me salió fatal. Aunque había aprovechado el castigo para estudiar, los números y yo no nos llevamos demasiado bien. Por más ecuaciones que haga en casa, al llegar al examen siempre me parecen diez veces más difíciles.

—Voy a suspender —se quejó Claudia cuando salimos del instituto—. Era un examen muy difícil.

—Siendo tú, eso significa que sacarás un nueve.

Claudia negó con la cabeza, pero, cuando la miré con una ceja levantada (recordándole en silencio todas las veces en las que había pensado que iba a suspender y había terminado sacando la mejor nota de la clase), las dos nos reímos. Al contrario que yo, que llevaba el pelo suelto, Claudia se lo había peinado en una borita trenza que le caía sobre el hombro derecho. Llevaba una chaqueta morada y una falda larga de color rosa a juego con el osito de peluche que colgaba de su mochila. Todo lo que fuera suave, adorable y brillante a Claudia le gustaba.

—Yo sí que voy a suspender —le dije—. Me he inventado la mitad de las respuestas.

—Al menos **solo nos quedan doscientos treinta y seis días para el concierto de KIM**.

—Una vez más, Du Min Kyu es el único que impide que nos volvamos locas.

Nos detuvimos en la puerta del instituto, un poco apartadas de la oleada de estudiantes que salían en ese momento hacia sus casas riendo y gritando. Desde que estaba castigada, Claudia y yo nos quedábamos allí unos minutos para hablar y comentar todo lo que había pasado en clase. Vale, nos íbamos a ver por la tarde en la academia de baile (e íbamos a estar enviándonos mensajes a todas horas), pero no era lo mismo. Hablar con ella a la salida del instituto, aunque fuera solo durante unos minutos, me hacía saborear de nuevo la libertad.

—Oye, Manuela —dijo una voz masculina justo a mi espalda—. La exposición que has hecho en clase de

Sociales ha estado muy guay. Se nota que sabes mucho sobre historia y todas esas cosas.

Mi corazón se saltó un latido cuando me di la vuelta y mis ojos se encontraron con los de Hugo. Eran azules, muy azules, y los más bonitos que había visto en toda mi vida. Dios mío, ¿por qué de repente se me había olvidado hablar?

—Eh... esto... yo... guay.

Quería parecer interesante, pero notaba un incómodo calor en las mejillas que me impedía pensar. ¡Qué vergüenza! ¿Y si Hugo se pensaba que era tonta? ¿Y si, al verme tan de cerca, también creía que tenía dientes de castor? Oh no, **¿Y SI ME OLÍA MAL EL ALIENTO?**

—Bueno, nos vemos mañana —dijo, levantando la mano para despedirse.

Cuando se marchó, volví a girarme hacia Claudia y quise que me tragara la tierra. Por suerte, había sido la única testigo de ese bochornoso espectáculo.

—Por favor, dime que el aliento no me huele mal.

—No te huele mal —me respondió ella—. Prometido.

Me tapé la cara con las manos, avergonzada, y me planteé coger un vuelo a Australia para no tener que volver nunca al instituto. ¿Podía viajar sola a Australia con trece años? Esperaba que sí.

—Te juro que prefiero que tres traficantes de arte vuelvan a amenazarme con sus pistolas antes que volver a hacer el ridículo delante de Hugo. ¿Qué es eso de guay? ¿Por qué no le he dicho gracias y ya está? ¡Era la **ocasión perfecta** para hablar con él!

—Tienes que ver el lado bueno de todo esto —me dijo Claudia—. Hugo no solo se sabe tu nombre, sino que piensa que sabes mucho de historia. Creo que se fija en ti más de lo que crees.

Volví a mirarla, con las esperanzas renovadas, justo cuando J. J. pasó por nuestro lado. Claudia le dedicó una enorme sonrisa, pero él se limitó a mirarla con el ceño fruncido, demostrándole lo mucho que la odiaba.

—Date prisa, caracastor —me dijo, ignorando a mi amiga por completo—. Nos están esperando.

Como J. J. aún llevaba las muletas, mi madre venía a recogernos en coche todos los días. Eso me daba mucho menos tiempo para hablar con Claudia. Con cada minuto de más que tardáramos en llegar al coche, nuestro castigo se extendía un día más. No podía entretenerme.

—Cállate, champiñón. Eres insoportable.

Me despedí de Claudia y caminé junto a J. J. hacia el aparcamiento.

Después de la aventura que habíamos vivido en Granada, todo había vuelto a la normalidad. O quizá no.

Eso ya lo descubriríamos.

EL CUADERNO DE VIAJE DE

¡Hola!

Encantada de saludarte otra vez. ¿Qué te ha parecido la aventura que acabamos de vivir por las calles de Granada? Alucinante, ¿a que sí? La verdad es que durante este viaje he aprendido montones de cosas sobre la historia de la ciudad y de la Alhambra, y he pensado en compartirlas contigo. ¡Espero que te parezcan tan interesantes como a mí!

Manuela

Empecemos por el principio. Probablemente ya sepas que Indiana Jones es mi ídolo, el mejor arqueólogo de todos los tiempos, pero ¿en qué consiste realmente la labor de un arqueólogo? Nos lo cuenta Myriam Seco, una arqueóloga y egiptóloga de nuestro país que es un referente entre los profesionales de su campo.

LA ARQUEOLOGÍA

Es una ciencia muy atractiva que permite descubrir informaciones del pasado que han quedado atrapadas en la arena. **Los arqueólogos somos como los detectives.** Hacemos excavaciones en yacimientos, que son los lugares donde se hallan los restos arqueológicos; conforme vamos quitando capas de tierra, tenemos que observar todos los detalles que van apareciendo. Algunas veces, encontramos restos de construcciones antiguas, pero otras pueden aparecer objetos que dejaron hombres y mujeres que vivieron en otras épocas. Estos materiales nos dan pistas de cómo vivían y qué hacían esas personas de otro tiempo y nos permiten conocer mejor el pasado para entender nuestro presente y mirar hacia el futuro. En una excavación trabajan especialistas de diversas disciplinas: arqueólogos, restauradores, arquitectos, dibujantes, antropólogos, médicos, biólogos, geólogos, etc.

Gracias a todos ellos obtenemos información que nos ayuda a entender mejor un yacimiento arqueológico.

Tras la excavación comienza una labor muy importante: la restauración y puesta en valor del yacimiento arqueológico para mostrar al público todas esas investigaciones, ya sea a través de conferencias o informes, o del turismo. En este último caso, los yacimientos llegan a ser el motor económico de las poblaciones en las que se encuentran, como es el caso del yacimiento de Atapuerca, en Burgos.

Sin duda es una profesión muy especial, sobre todo si te gusta vivir aventuras e intentar desvelar misterios del pasado. Y, antes de continuar, déjame pedirte algo muy importante: no toques nunca las paredes de los monumentos ni los cuadros ni las estatuas de los museos. Está en nuestras manos conservar nuestro legado para que lo puedan disfrutar y estudiar generaciones futuras, y sería una pena estropearlo.

¿QUÉ ES LA ALHAMBRA?

La Alhambra es un complejo monumental situado en Granada y está formado por antiguos palacios, jardines y fortalezas. En un principio, se utilizó para alojar al emir y a la corte del reino nazarí. En 1492, los reyes de Castilla la convirtieron en **casa real**, y fue residencia de reyes hasta 1868. En 1870 fue declarada monumento nacional y, en 1984, fue el primer lugar de España declarado **Patrimonio de la Humanidad por la Unesco**.

¿Sabías que el famoso emperador Carlos V se construyó un palacio dentro de la Alhambra?

Todo comenzó en el año 1526, cuando el emperador, rey de España y del Sacro Imperio Romano Germánico, se casó con su prima Isabel de Portugal y viajaron de luna de miel a Granada. **Carlos V** se enamoró de la bella ciudad y de su espectacular ubicación, porque le encantaba ir a cazar a los campos a las afueras de la muralla de la ciudad y pasear con su mujer por los jardines de la Alhambra. Allí vivió seis felices meses de su vida, y le gustó tanto la Alhambra que decidió construirse un palacio dentro. Por desgracia, nunca vivió allí, pero ahí quedó su palacio, con las famosas habitaciones del emperador decoradas con pinturas murales en las que se representan mitos griegos y romanos y escenas de caza.

¿Sabías que en esa época los matrimonios eran de conveniencia?

Los príncipes y reyes se casaban con miembros de la realeza de otras familias por obligación, para formar alianzas, no por amor. Sin embargo, el emperador **Carlos V tuvo la suerte de enamorarse de su esposa** y ambos disfrutaron de una bonita relación. Imágenes de la pareja enamorada quedarían en el recuerdo de los jardines de la Alhambra.

Una de las escenas de más riesgo de la aventura de Manuela Jones ha tenido lugar en el Patio de los Leones. ¿Sabes que existe de verdad?

El **Patio de los Leones** es el patio principal del Palacio de los Leones y se encuentra en el corazón de la Alhambra. Cuenta con cuatro arroyos que representan los cuatro grandes ríos del paraíso musulmán, que a su vez desembocan en la fuente central de los doce leones, símbolo de la montaña que se identifica con el centro del cosmos y que representa el poder divino.

¿Cómo se vivía en la época nazarí?

Las viviendas musulmanas granadinas de la época nazarí eran muy diferentes a las de ahora. A ver qué te parece: la gente se sentaba en el suelo sobre alfombras y cojines muy coloridos, así que las ventanas también estaban más bajas y se cubrían con una rejilla de madera para poder observar al que pasaba por la calle sin ser visto.

Un dato curioso: también **se cocinaba en el suelo con unos hornillos**.

¿Y cómo era la decoración? En las paredes se colgaban tapices de lana o de seda.

Y se usaban lámparas de aceite para iluminarse.

¿Y los baños?

No son una invención de esta época. En la época romana ya había **termas**, que eran **baños públicos con sofisticados sistemas de agua fría y caliente**. A ellos acudía la gente que no tenía baño en sus casas, que era la gran mayoría. De este modo, esos lugares se acabaron convirtiendo en sitios de reunión, donde se discutían todo tipo de temas.

Sin embargo, el mundo árabe construyó baños mucho más sofisticados y refinados que las termas. Se llamaban **hamman**, la palabra árabe para decir «baño». La ciudad de Granada estaba llena. **Vapor, agua fría y caliente, aceites esenciales, cremas y masajes** para rendir culto al cuerpo.

¡Esto seguro que te interesa!

Hace unos años, durante unas excavaciones delante de la entrada al sagrado templo de Karnak en la ciudad de **Luxor**, se descubrieron unos baños públicos construidos por los griegos que vivieron en Egipto en los siglos III y II a.C. ¡Y tenían sistemas para expulsión de vapor e **incluso tuberías de agua caliente**! ¿Te imaginas a los viajeros dándose un baño y charlando sobre sus viajes antes de entrar a visitar el famoso templo de Karnak?

MIRIAM MOSQUERA (Madrid, 1991) estudió Historia en la Universidad Complutense de Madrid y se especializó en numismática andalusí. Hoy en día realiza visitas guiadas en el Museo Arqueológico Nacional, además de trabajar como documentalista en una editorial, lo que le permite combinar sus tres pasiones: la historia, la escritura y los libros.

MYRIAM SECO ÁLVAREZ es profesora del Departamento de Prehistoria y Arqueología de la Universidad de Sevilla y arqueóloga con una dilatada experiencia de campo en excavaciones en Oriente Próximo. Actualmente dirige el proyecto de excavación y puesta en valor del templo del faraón Tutmosis III en Luxor (Egipto).

No te pierdas la próxima aventura de

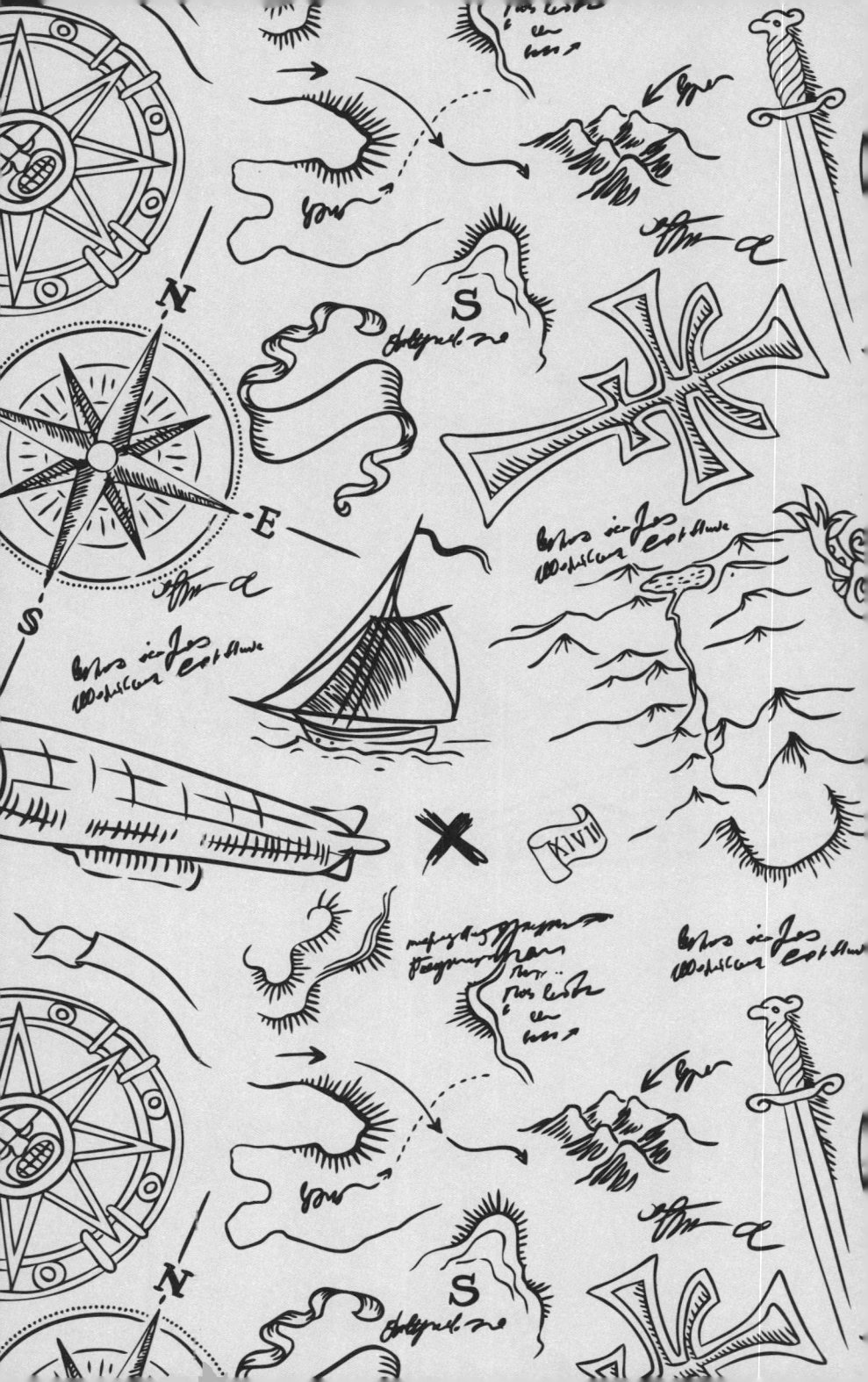